ハヤカワ文庫 SF
〈SF1739〉

宇宙英雄ローダン・シリーズ〈368〉

星間復讐者

クルト・マール＆クラーク・ダールトン

増田久美子訳

PERRY RHODAN
DIE ARMEE AUS DEM GHETTO
RÄCHER ZWISCHEN DEN STERNEN
by
Kurt Mahr
Clark Darlton

Translated by
Kumiko Masuda
First published 2010 in Japan by
HAYAKAWA PUBLISHING, INC.
This book is published in Japan by
arrangement with
PABEL-MOEWIG VERLAG KG
through JAPAN UNI AGENCY, INC., TOKYO.

目次

星間復讐者

スラムの軍隊

クルト・マール

登場人物

レジナルド・ブル……………………もと太陽系帝国の国家元帥
トレヴォル・カサル………………アフィリー政府の国家首席
ヘイリン・クラット………………カサルの副官
レーヴェン・ストラウト
セルジオ・パーセラー　　………善良隣人機構（ＯＧＮ）幹部
シルヴィア・デミスター…………ＯＧＮメンバー。セルジオの恋人
ランジート・シン……………………同インド人
オリヴェイロ・サンタレム………同医師
スリマン・クラノホ…………………同意味論学者
アイアンサイド……………………〝信仰の論理〟代表
アーチャー・プラクス
ジュピエ・テルマアル　　………アイアンサイドの腹心

1

力つきてくるのがわかった。

痛みが波となり、責めさいなまれた体内を暴れまわる。絶え間ない苦痛は幻覚を生み、頭のなかをひっかき回す。すでに現実と白日夢の境界もわからない。

意識だけはかろうじて失っていなかった。拷問の影響をうけずに思考できる場所がのこっているということ。おのれを打ちのめそうとする痛みをまぎらすため、最後の力を振りしぼる。いまの時点ではっきりわかることを思いだすのだ。

名前は……セルジオ・パーセラー。

年齢は……

だめだ。自分の年齢もおぼえていない。生まれたところもわからない。

いまいるところは……インペリウム＝アルファ。

拷問をうけ思考力が鈍っていても、これははっきりと思いだせた。どこかに出撃したあと、敵の手に落ちたのだ。それから意識を失い、テラニア・シティに運ばれてきた。何日前のことだかわからないが。

捕虜の口を割らせようとする敵に抵抗しつづけたが、その気力もなくなってきた。グレイの天井がほんのわずかな部分だけ見える。のまされた薬の影響で視野狭窄《きょうさく》になっているのだ。細い管を通して見ているようなもの。強い痛みのうねりが襲ってくると、天井は真っ赤に見えた。

苦痛ジェネレーターのスイッチがはいる。もがき、叫ぶ……が、声にならなかったかもしれない。意識がとぎれ、目の前に浮かんでは消える赤い揺らぎのなかに沈んでいく。

やめてくれ！　お願いだ……やめてくれ！

大きな声を出したにちがいない。すぐに慈悲深い静寂が訪れ、

「おまえがすべて話せば、すぐにやめる！」

相手はこちらがまだ完全にまいっていないと知っている。答えるひまもなく、ふたたびはげしい痛みに襲われた。いっそ気を失いたいが、それも許されない。もう二度と失神しないように、薬をたっぷりのまされたのだ。

そのとき、目の前に人影が……！

赤い霧がふたつに分かれて、奇妙な光景があらわれた。そこにいるのは、女……シル

ヴィア・デミスターだ！　なんの飾りもないグレイの壁を背に立っている。向こうもこちらが見えているらしく、悲しげにほほえみかけてくる。服は身につけておらず、手前にぼんやりとした影のようなものが動いている。突然、針のように鋭いビームがシルヴィアを刺した。

女は悲鳴をあげ、身をよじる。まばゆいビームがふたたび貫通すると、痛ましげに叫んでくずおれた。助けをもとめるように手を高く伸ばしたまま……

「シルヴィア……！」

頭のなかでなにかが爆発した。もうこれ以上、痛みに耐えられない。その痛みが自分のものか、シルヴィアのものかはわからないが。

「わかった！」セルジオ・パーセラーは叫んだ。「すべて話す……！」

＊

ポルタ・パトはかつて最大のレムール基地だった。ハルト人との大戦争が終結したときに活動拠点としての全盛期を迎え、レムリア大陸が仮借ない攻撃をうけて海底に沈む日まで、その役割をはたしていた。

五万年ののち、地球最後の免疫保持者たちが、長いあいだ放置されていた基地にふたたび集結した。レジナルド・ブルはいま、人類最後の部隊となった数千人とともに太平洋海底の基地で暮らしている。

〝善良隣人機構〟という名の共同体をつくりあげた免疫保持者たちは、基地のすべてを使っているわけではない。わずかな人数にはひろすぎるからだ。それなのに、人々の活動範囲は数平方キロメートル単位で毎日ひろがっていく。通廊を興味本位で探検し、未知のホールや階層を〝発見する〟者がいるのだ。それがレジナルド・ブルの悩みのたねだった。

ＯＧＮが使っている階層は基地の中核部からはなれた場所にあった。中核部には大口径の砲熕《ほうこう》兵器から携行用武器まで、さまざまな種類のレムール兵器が保管されている。そこから数百メートル北に、宿舎とポジトロニクス・センター、病院がある。

病院にはレムールの医療にもとづいた設備がそろっているものの、ＯＧＮはレムール人の医学知識をその科学技術ほどには信用していない。だが、免疫保持者の医師たちは、この野戦病院を自分たちの望むとおりに改造するすべを心得ていた。

いまのところ、患者はやせた若者ひとり。オリーブ色を帯びた褐色の肌で、つややかな黒髪をきちんとなでつけている。ベッドに横になっているが、病人らしく見えるのは悲しげな目だけだ。その目で、前にいる医師を見つめている。

ベッドわきのテーブルにはちいさな記録装置があった。医師がなにか聞かせている。

「思いだしたか、ランジート？」音声リールが終わると医師はたずねた。

悲しげな目の男は深くうなずき、「思いだしました、ドクター。いつだったか、これが一度にぜんぶ頭のなかにつっこまれた気がします」

「実際そのとおりだよ、ランジート」医師は自信を持っていった。

ランジート・シンはため息をつきながら、ベッドのなかで伸びをする。弱々しい声で、「ひどく疲れましたよ、ドクター。こういうことは思ったよりもからだにこたえる」

医師は鼻で笑った。ベッドに近づくと、ランジートの腕に手を伸ばして、ぐっとつかむ。患者は世にもあわれな声をあげて跳びあがり、驚いた顔で医師を見つめた。

「きみは疲れているわけでも、こたえているわけでもない、ランジート」医師は患者にほほえみかけた。「ただ、恐ろしく怠惰なだけだ。健康は完全に回復している。もし、あすの早朝も作業場にあらわれなかったら、ただじゃおかないぞ！」

＊

医師は三十九歳。すでにアフィリー化した世界に生まれた。治療室をはなれると、研究室がならぶ三階層上のエリアに反重力リフトで向かう。ここには接続ずみのポジトロニクスと、考えられるかぎりの技術的サポートが用意されていた。研究室のひとつでは、友が昼夜を問わず任務に没頭している。意味論学者のスリマン・クラノホである。中背でやせており、いつも服装はだらしなく、年齢不詳。まわりから見ればただの変わり者にすぎない男だが、なにか手がかりをつきとめたらしい。

医師のほうはクラノホよりやや背が高く、太っている。ブロンドの髪に青い目。北欧人の典型といった外見だが、オリヴェイロ・サンタレムという名がしめすように南アメリカ出身だ。患者の治療にあたるうち、今回の出来ごとにかくされた重大な秘密に気づいた。その患者は工作員としての任務をおえたあと、〝にせ記憶〟を人工的に付加された状態でもどってきたのだ。医師は患者の意識から徐々ににせの記憶をはがしとり、正常な記憶をふたたび植えつけた。

サンタレムはランジート・シンを調べ、意識に付加されたものを解明した。アフィリー政府は暗示フィールドをもちいた実験により、自然に蓄積されていく人間の記憶を、政府にとって好都合な〝にせ記憶〟に変換していた。医師はシンを深層催眠状態におくと、知っていることをしゃべらせ、ひと言も洩らさず記録。

その音声リールを自室で聞いていたとき、スリマン・クラノホがはいってきた。ランジートのしゃべる内容にショックをうけ、すぐに記録をコピィする。以来、クラノホは一日じゅうポジトロニクスの前にすわり、秘密をさぐっていた。サンタレムにもその内容は明かさない。

サンタレムはクラノホ専用のちいさな研究室の扉をあけた。友はいつものようにうす暗がりにすわり、スクリーン上を移動する記号の羅列を見つめている。こちらには気づかないので医師は声をかけた。

「思いだしたぞ！」

クラノホが跳びあがった。

「なんだって……だれが……なにを……？」

サンタレムに気づいてかすかにほほえむと、額の汗を手でぬぐう。

「きみだったのか。すまん！　つまり……集中していて」

「見ればわかるよ」と、サンタレム。「やっと、ランジートがぜんぶ思いだした。やはり意識のなかに押しこまれたものがあったのだ。知りたいか？」

「もちろん」スリマン・クラノホはうなずいた。「しかし、記録装置にしゃべったのは本当の意識から出たことではないかもしれない。催眠状態におかれ、外部からテレパシーのような手段で教えこまれた可能性もある」

サンタレムはあきれた顔をした。

「それはこじつけだと思わないか？」

スリマン・クラノホはかぶりを振った。幼い子供や狂人のようにはげしく頭を振るくせが、変わり者と呼ばれる理由のひとつだ。

「思わない」と、クラノホは反論。「文の内容はそれぞれ違うが、言葉の意味が同じなんだ」

「わけがわからない。文の内容だとか、言葉の意味だとか……」サンタレムは文句をいった。「なにがいいたい？」

「わたしのところに文書がある。きみの患者がしゃべったものと同じように書かれている。わかるか？　同じ意味上の構造をしているんだ。非常に特徴的な構造だ。音声リールを聞いたときにはあせったよ」

「なにかわかったのか？」サンタレムは興味をひかれた。

「なにも」と、クラノホは認める。「そこに秘密があることはたしかだが」

オリヴェイロ・サンタレムはあきらめてため息をついた。

「なにがいいたいのか、いつか説明してほしい。とりあえずいまはその文書がどういうものか知りたいものだ」

「〝愛の本〟さ」スリマン・クラノホはあっさりと答えた。

＊

ポルタ・パトから数千キロメートルはなれたインペリウム＝アルファの内郭セクターで、殺風景《さっぷうけい》な部屋に男がふたり、大きなスクリーンを見つめていた。光る線で細かく区切った見取り図が展開されている。

長身で肩幅のひろい男はトレヴォル・カサル。〝理性の光〟と呼ばれる地球の独裁者である。スポーツ選手のような筋骨隆々たる体軀で、黒い髪を理性のあかしのように短くしている。目は高性能ロボットのレンズさながら、鋭く容赦がない。副官のヘイリン・クラットはカサルより三、四センチメートル背が高く、苦行僧のようにやせている。細長い首にのどぼとけが異様に目だつ。

「これが全施設か？」スクリーンから目をはなさずにカサルはたずねた。

「全容です、サー……捕虜が知るかぎりでは」

「〝狂人〟どもはどこにひそんでいるのだ？」

〝狂人〟はアフィリカーのあいだで免疫保持者をさす言葉だ。クラットがちいさな装置を手のなかで操作すると、赤く光る矢印がスクリーン上にあらわれた。副官は見取り図の中心からわずかにはずれたところに矢印を動かし、

「ここです、サー。ぜんぶで四階層を使っているようで」

「レムールの兵器庫は？」

矢印が中心に移動する。

「入口は二十八カ所か？」

「捕虜はそういっています、サー。べつの入口を探さなくてはなりません……襲撃を成功させたければ」

ヘイリン・クラットはめずらしく条件つきで答える。だが、すぐ反論がかえってきた。

「いや、ヘイリン。探さない」トレヴォル・カサルは語気を強めた。

「では、すでに判明している入口を使って攻撃するつもりですか、サー？」

「そのとおりだ」

「〝狂人〟はレムールの兵器庫すべてを手中にしているのですよ」と、副官が指摘。

「あらゆる手段で抵抗してきます。この惑星の存在さえもあやうくする武器が投入されるかもしれません」

「たしかに」独裁者は認めた。「しかし、レジナルド・ブルはわれわれの懸念をまだ知らないはず。こちらはなにが兵器庫にあるかわからないのだからな。探したすえに入口をいくつか発見して〝狂人〟を攻撃する。こちらは反撃を受けてはじめて、敵がどういう武器を使うかわかる、というわけだ」

ヘイリン・クラットは上司の意図がわからなかった。考えをたどることはできたが。

〝捕虜〟とはセルジオ・パーセラーのこと。中央アジアでの戦いのさい、アフィリカーの手に落ちた。OGNのメンバーはセルジオが死んだものと思いこんだが、この時点で政府はすでに海底基地の情報を手にいれていたのだ。スパイを使って偵察させたも同然のやり方で。

「攻撃はそこでとまる」トレヴォル・カサルはつづけた。「手づまりとなり、前進できない。とはいえ、〝狂人〟のほうも包囲された状態だ。取り引きが必要になるだろう。われわれが思いきった行動に出るのはそのときだ」

ヘイリン・クラットは質問せず黙っていた。カサルの説明を待つ。

「こちらにライトをくれ、ヘイリン」と、独裁者が命じる。

クラットはちいさな装置をわたした。赤い矢印がスクリーン上を揺れ動いたあと、見取り図の上端をしめす水平線の位置におりてくる。

「これが通廊のひとつだ」トレヴォル・カサルはいった。「海底からどのくらいの深さにある？」

図は縮尺されている。ヘイリン・クラットは計算をはじめた。

「二百メートルくらいで、サー……」

この瞬間、上司の〝作戦〟が読めた。ちいさくうなずき、たずねる。

「捕虜はどうしましょうか、サー？　すべて聞きだしました。あとは使い道がありません。いつものやり方で……？」

「いや、いつものやり方ではない、ヘイリン。弱っているか？」

「とても、サー」

「外郭セクターの野戦病院に連れだし、健康を回復させるのだ。あとで役にたつかもしれない」

ヘイリン・クラットは指示をうけて、出口へ向かった。トレヴォル・カサルがふたたび声をかけてくる。いつにないことだ。副官はまわれ右をすると、

「まだなにか……？」

「準備を」と、独裁者はいった。「部隊に命令を出すのだ。あす十二時に一斉攻撃をかける」

2

ランジート・シンが怠惰だというサンタレムの見方は正しい。困難や危険はつねに避けて通ってきた。パルクッタへの任務を命じられたのは、パンジャブの出身で、人里はなれた谷の住民が話す現地語を使えるという理由だけだ。そのさい、記憶がいれかえられたのだが。

狡猾《こうかつ》なところもある。シンはその狡猾さを、骨の折れる作業から逃れるために使った。その朝も、医師の忠告を守って作業場にいくことはせず、散歩に出た。おかげで迷いこんでしまったのである……未知の場所を持つ古レムール基地の混沌のなかに。

ランジートが出かけたのは始業一時間前だ。同じ部屋の仲間が物音で目をさまして文句をいった。

「すまないな！」と、声をかける。「すこし散歩してくる。時間になったらもどるから」

この時間、宿舎のある一帯はまだしずかだった。人工太陽の光度は低く設定されている。現地時間で八時ごろ、ようやく最高の光度になるのだ。中央の反重力シャフトのほうへ歩いていく途中、夜勤からもどってくる人々に出会う。そのなかにレーヴェン・ストラウトがいた。パルクッタでの戦いで重要な役割をはたした男で、戦死したセルジオ・パーセラーのあとをまかされている。つまり、通信センターの責任者だ。

「おい！　こんなに早くどこにいくんだ？」ストラウトはインド人にたずねた。

ランジート・シンは曖昧なしぐさで、

「ちょっと散歩に」と、答える。「二週間ひどい目にあわせられたんだ。まいるよ……たとえ最強の男でもね」

レーヴェン・ストラウトはおおいに理解をしめして笑い、そのまま通りすぎる。シンはシャフトに跳びこんだ。注意深くなかをうかがって、だれも見ていないとわかると、勢いをつけて上へ向かう。ＯＧＮが使っている階層の上に、まだ十数階層ある。各階層の調査はこれまで反重力シャフトの周囲だけが対象で、空き部屋と通廊しかないと確認されたあとは、だれも興味を持たなくなっていた。ランジートが知るかぎりでは、ここ数カ月、上階にいった者もシャフトから二、三百メートル以上先を調べた者もいない。迷子の気分を楽しむには絶好の条件だ。

最上階までいくと、シャフトを出た。ここにも人工太陽が輝いている。下の居住階より数はまばらだが。

円形のスペースがシャフトの周囲をとりかこんでいる。そこから階層内部に向かって通廊が数本、放射線状に伸びていた。ランジートは適当に選んだ通廊を先に進んだ。金属製のハッチが多数ならんでいる。ときおり、好奇心にかられて近づいてみると、ハッチは開いた。

いつのまにか、中央のシャフトから遠ざかっていた。だれも足を踏みいれたことのない場所まで、はいりこんでしまったのだ。通廊はわずかに左にカーブしており、振り返ってもシャフトは見えない。だが、道をはずれていないことは確かだ。

だが、確信はいっきに消える。興味本位であちこちのハッチを開けていたが、そのひとつに入ってみたくなった。なかをのぞくと、これまでと違い、丸い部屋で、高いドーム天井なのだ。とても広いが、ほかと同じようになにもない。見上げると、ドーム天井の壁面にそって回廊のようなものが見える。どうやってそこまでのぼるのだろう。ランジート・シンはなかにはいった。

ほんの数メートルいくと、うしろでハッチがしまった。あわててもどる。外からかんたんに開いたのだから、なかからも開くだろう。

しかし、冷たく重厚な金属製の扉はまったく動かない。シンは恐ろしさに立ちすくむと、大声で叫びながら扉をたたいた。それでもハッチはびくともしない。パニックに襲われてうずくまり、泣き言をならべはじめた。このままだと、ここで惨めな死に方をするしかない。べつの出口を探さなければ……

あたりを見まわした。反対側にもうひとつハッチが見える。それが自然に開いたとき、インド人は思わず歓喜の声をあげた。部屋を出ると、そこは幅のひろい斜路だった。急角度で上に伸びており、半円を描くように右にカーブしている。のぼりきった場所は床から八十メートルもあり、ドーム型天井の頂点とほぼ同じ高さだ。斜路が通じている先は正三角形のスペースだった。向こう側のふたつの辺から幅広い通廊が伸びている。それがどこに向かっているのかわからない。

ランジートは三角形のへりに立って考えた。いま自分はどこにいるのだろう。迷子の気分を楽しもうとして、本当に道に迷ってしまった。ふたつの通廊のどちらに進むべきか……そのとき、なにかをひっかくような音が聞こえた。

どこから聞こえるのかわからない。突然、すぐそばで壁の一部が床に崩れ落ちた。埃が舞いあがり、瓦礫《がれき》が飛び散って山になった。ランジートは思わず目をあげる。

驚きのあまり、かたまったように立ちつくした。

＊

レジナルド・ブルはパルクッタでの失敗のあと、何日も部屋に引きこもっていた。事情を知らない者には、失意を忘れるためなにかに没頭しているように見えただろう。

しかし、実際は重要な作業をしていたのだ。ブルは作戦失敗をうけ、ポルタ・パトが
OGNのかくれ場としての役目を終える日も近いと、前にもまして感じていた。〝狂人〟たちが探知スクリーンから跡形もなく姿を消したとき、敵はレムール海底基地の存在を察知したはず。地上に送りこんだスパイの報告によれば、相手は陸・海・空にわたり徹底的な捜索を実施しているらしい。いつの日かアフィリカーの執拗な捜索が功を奏し、秘密の入口も発見されて攻撃をうけるにちがいない。

レジナルド・ブルは昼も夜もこれに対するそなえを考えていた。避難計画は決まっている。敵にひとりの免疫保持者も捕らえさせはしない。

アフィリカーに対してレムールの兵器庫を開くべきか。ポルタ・パトに格納されている兵器の威力は、地球クラスの惑星一ダースをいっきに燃えさかるガス雲に変えてしまうほど。これを使うといって脅し、アフィリカー独特の死に対する恐怖心を楯にとる作戦もある。しかし、ブリーはこの考えを捨てた。強大な力を持つ兵器の使用をちらつかせると、本当に実行せざるをえなくなる。ペリー・ローダンの古い戦友として、そのような危険はおかせない。

これまでは興奮剤で切りぬけてきたのだが、その晩は大規模な避難計画の細部をつめてから、久しぶりにたっぷり睡眠をとった。翌朝、豪華な朝食で自分をねぎらう。ロボットのブレスラウアーが会話の相手をつとめた。

いつものユーモラスな返答が急にやむ。

「だれかきます！」

「だれが？」

「わたしは千里眼ではありません」と、ブレスラウアー。「いずれにせよ三人です」

「なかにいれてくれ！」レジナルド・ブルはいった。

早朝の訪問者は、医師のオリヴェイロ・サンタレムとその友スリマン・クラノホ、それにシルヴィア・デミスターだった。シルヴィアの顔には恋人セルジオ・パーセラーを失った悲しみが色濃くあらわれている。

サンタレムは単刀直入に本題にはいった。

「わたしはランジート・シンという患者を治療しています。パルクッタで記憶をいれかえられた男です。その記憶内容を音声リールに記録し、ここにいるスリーが分析したところ、驚くべき発見があったのです。専門家であるシルヴィアも、スリーの分析結果にまちがいないと。その結果とは、つまり……パルクッタ地域の住人が押しつけられたにせの記憶は、〝本〟と同じ作者によるものだったのです」

レジナルド・ブルは驚きを顔に出さなかった。細胞活性装置保持者として長い人生を歩んできたのだから。

〝本〟は秘密文書である。アフィリーが地球にはびこったあと、どこからともなく人々のあいだに出まわった。ペリー・ローダン失脚までの人類の古い歴史が書かれている。その文章が持つリズムは読む者に強い超心理的影響をおよぼす。そのため、アフィリカーになった人間が読むと、数時間でアフィリーの魔手から逃れられるのだ。これはテラニア・シティのアフィリー政府にとり、重大な脅威となる。政府はあらゆる手を使って〝本〟の流布《るふ》をくいとめようとした。そのため、人々は〝本〟自体を持ち歩かず、内容を暗記する。セルジオ・パーセラーとシルヴィア・デミスターもその例である。〝本〟はアフィリカーにとり、明らかに反政府文書なのだ。

　これに対して、にせの記憶のほうは親アフィリー的手段である。パルクッタでの実験のごとく、ふつうに獲得していく記憶といれかえるのだから。それでも、にせの記憶と〝本〟は同じ作者によってつくられたというのか？

　レジナルド・ブルはためらわずに疑問を口にした。

「われわれも頭を痛めました、サー」と、シルヴィアは答えた。「説明がつかないのですから。それでもやはり、この可能性は消えません」

「可能性なんてものじゃない」スリマン・クラノホが口をはさむ。「わたしは意味論学者で、このようなことには詳しいのです。どちらも、言葉の意味と超心理的リズムが一致している。にせの記憶と〝本〟は同じ作者の作品です」

　この話題はここで中断され、謎が解けるのはずっとあとのことになる。レジナルド・

ブルがなんとかしてクラノホに反論しようとしたそのとき、警報装置が鳴ったのだ。ブルは驚いて目をあげた。隣室でひかえていたブレスラウアーが部屋に跳びこんでくる。ロボットはいった。

「危険が迫っています。アフィリーの部隊が入口十二カ所から進攻してきました！」

＊

ヘイリン・クラットみずから指揮をとる特殊部隊の任務は、攻撃側と防衛側の取り引きに乗じて、敵のかくれ場を背後から攻撃することであった。目の前の危険を考えると、クラットもほかのアフィリカー同様、本能的に死への恐怖をいだく。どこかに潜伏してやりすごしたい。その一方、攻撃が必要なのだという理性の声も聞こえた。その必要性を認識することで、不安を押しのけようとつとめる。

トレヴォル・カサルの作戦によると、クラットの特殊部隊が実行する内容はかんたんなものだった。陸・海・空の艦隊がレムール海底基地における未知の入口を探すというにせ情報を流し、敵の注意をひいておく。そのあいだに、特殊部隊は大型潜水艇三隻で東太平洋にあるクリッパートン島の北に到着。海深二千メートル付近で錨をおろす。潜水艇三隻が、海底に一辺二百メートルほどの三角形をつくるかたちだ。到着後、すぐに潜水艇三隻の艇内で巨大な防御バリア・ジェネレーターが作動をはじめた。海水が押しのけられ、潜水艇の上方にドーム型のエネルギー・フィールドが出現。膨らんだ部分を呼吸可能な空気が満たした。ドームが高さ百五十メートル、直径三百メートルに達すると、ジェネレーターは出力を半分に落とした。防御バリアのフォームを安定させるには、それで充分なのである。

艇内から、ロボットや機器類が次々と海底に出てきた。直径八十メートルの輪郭を持つ円形シャフトの場所が決まると、そこに巨大な分子破壊砲が据えつけられる。海底の岩盤を掘りぬき、シャフトをつくるのだ。

分子破壊砲が作動を開始。粉砕された岩が煙となって渦巻く。吸入装置がそれを捕え、エネルギー・フィールド周辺にある構造通廊をぬけて、暗黒の大洋に押しだした。こうして防御バリア内では有害ガスの心配もなく、特別に呼吸装置をつけなくても海の底を動くことができる。

巨大な分子破壊砲は貪欲な速さで作業をこなす。半時間もたたないうちに、シャフトの中心部分がほぼ二百メートル掘り進まれた。なかに降ろしたエコー・ゾンデによると、シャフトの底とレムール海底基地の最上階にある三角スペースとのあいだに、まだ岩盤が数メートルある。シャフトが完成すると、分子破壊砲にかわって反重力ジェネレーターが投入され、シャフト内を人工重力フィールドで満たした。そのなかを、戦闘ロボットの中隊が次から次へとシャフトの底まで降りていく。ロボット部隊は装備した分子破壊銃で、のこっている岩を粉砕。二十分後、ヘイリン・クラットはもうすぐ基地にとどくとの連絡をうけた。

それが出発の合図となった。特殊部隊はロボットをのぞいて総勢四百人。全員、高性能マイクロカムを装備している。クラットみずから先頭に立って全体を指揮する必要はなかった。真っ先にシャフトに跳びこんで深みをめざすこともしない。

シャフトの底ではロボットが三角スペースの天井を掘りぬき、レムール基地に到達した。先頭に立つ一体のボディに装着されたセンサーが、反重力ジェネレーターと連動している。したがって、この一体が前進した場所までは人工重力フィールドが有効となるのだ。ロボットは三角スペースに降りたった。

副官が特殊部隊をしたがえてつづいたとき、ロボットはすでに橋頭堡をかためていた。ヘイリン・クラットのもとに、黒い肌をした貧相な男が連れてこられた。三角スペースで捕らえられたらしく、恐ろしさで震えている。クラットはロボット数体を偵察に出した。もしかすると、近くにOGNのメンバーがいるかもしれない。だが、偵察隊はすぐにもどってきた。基地のこの階層に人影はないという。

ヘイリン・クラットは男にいくつか質問した。しかし、恐怖で頭が混乱しているのか、筋の通った答えが返ってこない。クラットは部下に命じ、捕虜をきびしく見張らせることにした。

前進の合図を出す。今回の陽動作戦は、ぜんぶで二十八ある入口の十二ヵ所から基地に進攻するというもの。マイクロカムを通じた報告によると、作戦は成功したようだ。さらにべつの方向から攻撃の手が迫るとは、敵も思っていないだろう。

どちらの通廊をいけばより早く到達するのか不明だが、方向はわかっている。目的地はレムールの兵器庫だ。

＊

ランジート・シンは驚き、茫然とした。鈍く光るロボットが天井の穴をぬけて、あとからあとから降りてくる。三角スペースが埋めつくされたと思うと、次に人間が雨のように降ってきた。

なにが起きたかわからない。気がつくと、人間とロボットの混合部隊にかこまれ、無数の銃口を向けられていた。この瞬間、ランジートは恐怖のあまり正気を失いそうだった。

やせて背の高い男の前にひきずりだされた。冷たい目を向けて質問してくるが、頭が混乱していて内容が理解できない。結局、うしろ手に縛られてふたり見張りがつくことになった。部隊が移動するときは、つねにやせた男のわきに立たされた。この男がリーダーらしい。三角スペースから伸びている通廊二本のひとつを進んでいく。しかし、それに注意をはらえるような状況ではない。わが身に起きていることだけで精いっぱいだ。

命をとられることはないらしい。そう気づいたとき、すこし状況を理解できるようになった。アフィリー政府の部隊につかまったのだ。基地に危険が迫っている。それを知るのは自分ひとりだ。敵は最上階からひそかに侵入してきたから、十四階か十五階層下にいたら気づかないだろう。

OGNの命運がおのれにかかっている。そう思うと、冷水を浴びせられたような気がした。決断を迫られる場面は苦手だが、逃げるわけにはいかない。悪意に満ちた攻撃を撃退できるかどうかは、自分しだいなのだ。

決然とした行動が求められる。もうあとにひけない。ランジート・シンはこのとき、窮地を乗り越えて成長をとげた。みずからの危険を顧みることなく、仲間に危険を知らせるチャンスを探そうと決心したのである。

3

レジナルド・ブルはブレスラウアーの報告に驚きもせず、歴戦の策略家の慎重さをもって対応した。マイクロカムでレーヴェン・ストラウトを呼びだす。非常事態には、部隊を率いてポルタ・パト内の中心施設の防衛にあたることになっている。ストラウトは夜勤明けにもかかわらず、すぐに防衛拠点へ向かった。

「なんとしても阻止します、サー！」ストラウトは自信たっぷりに、「避難計画実行の時間をかせぎましょう」

サンタレム、クラノホ、シルビアの三人は、警報装置がまだ鳴っているうちにブルの宿舎を出た。襲撃をうけた場合は至急、それぞれが歩哨に立たなければならない。レーヴェン・ストラウトが指揮をとる通信センターからオヴァロンの惑星に向けて、あらかじめ決められていたハイパー・インパルスが発信された。惑星にある受け入れ用巨大転送機を作動させるのだ。

レジナルド・ブルは大転送ホールへ向かった。レムール時代からの巨大転送機がぜんぶで三基そなえつけてあり、そのうちの二基が作動していた。白いコーティングで四角く印がつけられた床の上に、転送フィールドを形成する虹色のアーチがきらめいている。レムールの輸送ロボットがホール入口から重そうな機械類を運んできては、片方の転送アーチのわきに積んでいく。ほかにふたつ、入口が確保されていた。避難計画がはじまったら、子供、女、男の順にOGNのメンバーがはいってくる。第二の転送機はすでに準備を完了。転送フィールドはまっすぐオヴァロンの惑星に通じていた。

転送機二基を使うのにはわけがあった。転送中は、送り出し部も受け入れ部も強力なエネルギー性エコー・インパルスを放射する。高性能の装置があればかんたんに確認できるし、方向も計測可能だ。そうなると、OGNメンバーをオヴァロンの惑星に避難させるという計画がアフィリカーに知られてしまう。トレヴォル・カサルは艦隊を動員してオヴァロンの惑星に向かい、免疫保持者たちを捕らえるだろう。

地球上で探知するエコー・インパルスは、ポルタ・パトの送り出し部が発するものよりも、オヴァロンの惑星にある受け入れ部のほうがちいさい。距離の関係でそうなるのだ。つまり、オヴァロンの惑星より地球に近い場所に転送機があれば、そこで放射されるエコー・インパルスが探知を妨害する。

転送機を二基使うのはこのためだ。一基はオヴァロンの惑星に向けられており、実際の避難に使われる。第二の転送機はゴシュモス・キャッスルに向けられている。OGN

の科学者が苦心のすえ、当地の転送機を遠隔操作できるようにしたのだ。裏切りの女王、プローンのゼウスが所有していた技術遺産のひとつである。ゴシュモス・キャッスルは地球と同じくメダイロンの惑星で、地球よりも恒星に近い軌道を周回している。〝炎の飛行士〟ムシーラーの惑星は、現時点で一宇宙単位、つまり五百光秒しか地球からはなれていない。そこで転送機の受け入れ部を作動させれば、オヴァロンの惑星のものよりも数千倍強いエネルギー・エコーを放射するだろう。

　しかし、エコーの強度は送りだす物体の量に左右される。そのため、第二の転送機はからのまま作動しないように配慮された。輸送ロボットがひきずってきた荷物をゴシュモス・キャッスルへ送りだす。つまり、第一の転送機でOGNメンバーがオヴァロンの惑星に避難しているあいだ、第二の転送機ではさまざまな機械類がゴシュモス・キャッスルに流れこむわけだ。アフィリカーの探知士はエコー・インパルスを手がかりに、OGNが逃亡したのはメダイロンの第一惑星だと考えるだろう。

　全OGNメンバーの九十パーセント以上がレジナルド・ブルの計画によって避難する。のこり二百人ほどは、地球に残留することになった。アフィリー政府部隊の進攻とメンバーの避難が進んでいるあいだ、残留メンバーはひそかに地表に出る。各自、待機しているグライダーで、地球上のさまざまな場所に用意されたかくれ場へ向かうのだ。レジナルド・ブルは、歴戦の免疫保持者をふくむOGN幹部とともに故郷惑星にのこる。地球がハイパー・エネルギーの漏斗……すなわち〝喉〟に墜落するその瞬間まで、人類の運命を見とどけたい。アフィリー政府は全力をあげてメダイロン星系を危険なコースから移動させようとしているが、免疫保持者たちはだれもが、地球の墜落は避けられないと本気で思いこんでいた。

レジナルド・ブルはおのれの選んだ道がどれほど危険かよく承知している。免疫保持者の大多数が避難したあとは、幹部メンバーともども苦しい状況におかれるだろう。

*

レーヴェン・ストラウトの部隊は防衛態勢をととのえた。部隊の三分の一がレムールの戦闘ロボットで構成されている。攻撃者が進攻してくる入口は十二カ所とも判明していた。ポルタ・パトへの入口とアフィリー部隊の動きを監視している指令室と、たえず連絡をとっていたのだ。

二十八の入口からつづく通廊はいずれも、OGNが身をかくす基地の中核部に通じている。その中核部を直径二キロメートルの円形にかこむかたちで防衛線をはった。防御陣地は重要な分岐点におく。数本ある側廊と分岐通廊を利用すれば、攻撃側はこちらの背後を狙うことができる。しかし、アフィリカーは基地の細部までは知らないはず。これらのぬけ道を発見するには、かなりの時間がかかるだろう。それがレーヴェン・ストラウトの目算であった。

ストラウトはアフィリカーの戦闘心理をよく知っている。危険が迫るといつもパニックにおちいり、冷静な行動が不可能になるのだ。アフィリーの部隊長は、兵士を突然襲う死の恐怖を把握している。そのため、通常は戦闘ロボットからなる強力な先遣隊とともに作戦行動をとる。先遣隊の任務は、敵からうける危険を最小限にすること。

レーヴェン・ストラウトは戦闘ロボット三体とメンバー十四人からなる部隊を率いて分岐点のひとつにいった。敵が使った入口三カ所からつづく通廊がひとつになる場所である。防御陣地をおいたとたん、高感度センサーを装備したロボット一体がいった。

「動きがあります!」

すぐにK=5ロボットの隊列だとわかった。アフィリーの技術で開発された新タイプのロボットで、プログラミングした指揮官以外の命令には決してしたがわない重装備の殺人マシンだ。

敵が視界にはいるまで待つことはしない。こちらはエレクトロン妨害放射ジェネレーターで武装していた。新しい原理によって動き、K=5ロボットの防御バリアをなんなく貫通する。

このジェネレーターの投入により、攻撃側のロボット部隊にたちまち混乱が起きた。立ちつくすもの、その場でまわりはじめるもの……数体がやみくもに発砲し、仲間を破壊。すさまじい音が通廊内にひびく。ほんのすこし前にK＝5ロボットが整然と隊列を組んではいってきた場所は、金属のぶつかりあう音と鈍い爆発音がいりまじり、轟音地獄と化した。防衛側にとっては、新原理の妨害放射ジェネレーターが立派に役割をはたしたあかしである。

ストラウトはK＝5がもはや脅威でないと確認した。ロボットの残骸が山になった側廊を避け、敵の戦闘部隊に向かって慎重に前進。接近してくる相手に最初に気づいたのは、やはり高感度センサー装備のロボットだ。通廊が交差するところでかくれる。向かい側からアフィリカー二十人ほどの部隊があらわれた。通廊を出たところであたりをうかがっている。やがて交差地点まで出てきた。

その一瞬、サイコ・パラライザーにものをいわせた。武器は鋭い音をたててビームを発射。敵が悲鳴をあげながら床にくずおれる。数秒間、わずかに痙攣《けいれん》したと思うと、次々に折り重なっていった。意識を失い、しずかになる。

望んでいたとおり、一滴の血も流さずに敵の急先鋒を無害化した。相対的に危険のすくない武器でも身を守れること、命をかけて戦う必要はないのだということを、相手にしめしたかったのだ。アフィリー側兵士の不安が大きくなれば、こちらは有利である。

レーヴェン・ストラウトは部隊をもとの陣地に戻すと、持参した小型記録装置を基地のインターカム・システムに接続した。数秒後、ポルタ・パトのすべての通廊と部屋にレジナルド・ブルの特徴のある声が響きわたった。

「こちらは地球唯一の合法的政権保持者だ！　アフィリカーに警告する。ポルタ・パト基地は、きみたちの手には落ちない。基地に進攻した部隊はすべて撤退せよ。さもなければ、数分以内に大西洋のサンクト・パウル島で起きることが、地球の全重要都市でも起きるだろう！」

不死者のメッセージが終わった。レーヴェン・ストラウトはポケットからちいさなコード発信機をとり出し、ひとつだけあるスイッチを押した。自信に満ちた顔をあげ、聞き耳をたてる。自分の呼吸と粗い木目の床にときおりあたるブーツの音以外、なにも聞こえない。

それはレジナルド・ブルのトリックだった。致命的なレムール兵器は使いたくないが、使う覚悟も辞さないという意志を敵に伝える必要がある。レムールの兵器庫では、通常の核融合弾頭をそなえたブースター・ロケット一機が発射準備を完了していた。レーヴェン・ストラウトがコード発信機のスイッチを押して出発シグナルを出すと、ロケットは水深数千メートルの発射施設から太平洋をいっきに浮上。たちまち水面に達し、赤道の数分北の緯度に位置する大西洋上の無人島、サンクト・パウル島に向かう。弾頭は島ひとつが消え去るほどの爆発力を持つ。免疫保持者を攻撃すればどうなるか、アフィリカーは思い知るだろう。

十分が経過した。さらに十五分……二十分……サンクト・パウル島はすでに海に沈んだはずだが、通廊はしずまりかえっている。高感度センサーをそなえたロボットは警戒をおこたらないが、どうやら敵はじっとしているらしい。司令室からは、前線のほかの場所でも同様の状況だと伝えてきた。

急にインターカムのスイッチがはいる。しわがれ声が冷静に告げた。

「こちらはテラニア・シティの第四陸戦隊司令官だ。ポルタ・パト基地はわれわれに包囲されている。降伏を要求する。降伏に関する交渉は、二十分以内に戦線の中立地帯で実行する」

レーヴェン・ストラウトは安堵の吐息をついた。攻撃者の前進を阻止するという第一目的は達成。サンクト・パウル島を使った示威行動で、ひとまず交渉に持ちこめた。敵の挑戦的な口調からは、不安をうかがうことはできないが。

クロノグラフを見る。避難には二時間近く必要だろう。そのあいだ、アフィリカーたちをひきとめておかなければならない……

＊

ランジート・シンはどこに連れていかれるのか見当がつかなかった。しかし、通廊がらせん状に深部へ向かっていることはわかる。レムールの兵器庫がある基地の中核部に近づいているのだ。勇気を振り絞って作戦計画をたてたものの、実行するチャンスはまだない。しかし、もうすぐ決心を実行にうつすときがくるはず。らせん状の通廊は重厚な金属製ハッチの前で終わった。ハッチはこれまでのように近づいただけでは開かない。特殊部隊のやせたリーダーが、測定装置を持った部下に前に出るよう命令。そのあと、わきによって戦闘ロボット二体に場所をあけた。ロボットは武器を使用する。ハッチが真っ赤に溶けて、穴があいた。高熱をものともせず、ロボットがなかにはいる。やがてハッチは人間がはいれるほどに冷めた。

ランジートは見張りふたりから一瞬だけ目をはなし、まわりを見まわした。予想どおり、ミサイル地下格納庫だ。レムール人はここから重装備ロケットを発射していたのだろう。標的は宇宙空間か、あるいは地上だったのか。ひろいホールにはなにもない。一辺が四十メートルほどの四角い部屋で、ドーム型天井までの高さはすくなくとも八十メートルはある。

ロボットが奥の出口近くまで進んだとき、上から突然大きな声がした。ランジートは驚いて身をすくませたが、隣りにいる見張りはもっと大きな衝撃をうけたようだ。顔色が変わっている。

「こちらは地球唯一の合法的政権保持者だ！」

レジナルド・ブルの声が高いところから鳴り響いてくる。アフィリカーは、まるで格納庫のドーム型天井に声の主があらわれるのを待つかのように上を見つめ、驚きに大きく目を見開き、青ざめた顔をしている。それを見ると、インド人は自分が急に強くなった気がした。

だれもこちらに注意をはらっていない。シンはすばやくまわりを見まわす。右側を見て、一瞬息がとまるかと思ったそのとき、地響きのような声が締めくくった。

「……数分以内に大西洋のサンクト・パウル島で起きることが、地球の全重要都市でも起きるだろう！」

ランジートの右にある背の高い壁に隙間ができて、あっというまにひろがったのだ。細長く、鈍い光を発する物体がそこからすべり出てきた。高さは十メートルほどだが、どっしりと重量感がある。アフィリカーたちは驚愕のあまり大混乱になった。叫びながら右往左往し、はいってきたばかりのハッチから逃げだした者もいる。だがランジートは、ロケットが出てきたところから目をはなせなかった。

インド人が見ていたのは、ロケット本体の下でゆらめく反重力フィールドの光ではない。天井の一部が突然、むらさき色をおびて円形に光りはじめて半透明になったのも、目にはいらない。ロケットはむらさき色の円の真下に移動。急上昇し、なんの抵抗もなく天井の円をつきぬけて消えていく。シンはそれにも気づかなかった。

ひたすら、壁の隙間だけを見ていたのだ。ただ一度、すばやくまわりを見まわす。アフィリカーが青ざめた顔で口をぽかんとあけたまま、ロケットの行方を目で追っていた。ロボットは壁ぎわにじっと立っている。なにも指示がないからだろう。

隙間がふたたび閉じはじめる。やるならいまだ。うしろ手に縛られたまま、深く前かがみになると、しだいにせまくなる空間に向けて疾走。いつ背後で大騒ぎがはじまるかと聞き耳をたてたが、なにも起こらない。

ひろい部屋に命令の声が響きわたる。息が弾み、心臓が口から跳びだしそうだ。

背後から銃声が追いかけてきた。恐怖心に耐えながら、隙間が完全に閉じる三十秒ほど前に必死で跳びこんだ。

そのまま床に倒れこむ。疲労困憊《こんぱい》し、恐怖と緊張以外なにものこっていない。しばらくあえいでから見ると、隙間は消えていた。もう一度あけるメカニズムは向こうにはないだろう。しばらくは安全だ。

やっとの思いで立ちあがり、まわりを見まわす。壁の向こう側と同じようなホールだが、天井が低く、ドーム型ではない。先ほど天井をつきぬけていったロケットと同様の物体が二十基ほど、鈍い光をはなっていた。

奥にアーチ状の開口部が見える。さらに部屋があるようだ。一度きたことがある。OGNがボルネオからポルタ・パトに逃れたときだ。細長い部屋で、壁ぞいにレムールの武器がならんでいる。大半は宇宙船にすぐ装備できるようになっているエネルギー兵器だが、それ以外の機械類や大きな容器などもあった。使い道のわからない装置も見うけられる。いまのところ見あたらないのは、出口だけだ。

だが、それはたいした問題ではない。いま重要なのは、仲間に危険を知らせること。それにはインパルス砲の助けが必要になる。エネルギーが充塡されていればいいのだが。このような武器のあつかいには慣れている。

まずは、縛られた手をなんとかするのが先決問題だ。ザイルをあちこちの角でこすってみたが、素材が超高密度重合体なので、とても歯がたたない。だが、かなりの時間こすっているあいだにザイルがゆるんできた。数分後、苦もなくはずすことができた。

インパルス砲をとりにいこうとしたが、立ちどまった。振動をともなった低い音がどこからか聞こえる。アーチ状の開口部から熱い空気が大波のように押しよせてきた。いやな予感がする。開口部にそっと近づき、その向こうをのぞいてみた。

先ほど隙間ができた壁が燃えあがっている。灼熱のなか、溶けた壁の一部が川のようになり、床を流れくだってきた。流れの向こう側からは、地鳴りのような音がしている。ランジートは事態を察知して驚愕した。アフィリカーはほかに方法がないので、ブラスターを使っている。壁にはすぐに穴があくだろう。

あわててまわりを見まわす。あのとき出口を探していたら……！　しかし、もう手遅れだ。

たとえ出口を見つけたとしても、すぐ追跡者にあとをつけられるだろう。そうなれば、仲間に危険を知らせるどころか、敵を防衛拠点のまんなかに導いてしまう！　逃げることは許されない。まだ使命をはたしていないのだ。ランジート・シンは、一列にならんだインパルス砲に向かって走った。望みはある。

4

レジナルド・ブルが敵の本当の計画を知っていたら、これほど冷静ではいられなかったにちがいない。

ブリーは最初に、敵の司令官と適当な交渉場所について二十分ほど話しあった。そのあいだに転送機二基が作動。子供や女がまずオヴァロンの惑星へ向かった。同時に、重さ数トンを超える数千の機械や機材が、轟音をたてながら第二のコースをへてゴシュモス・キャッスルに移動していく。この瞬間、地上のどこかで探知がはじまっているだろう。太平洋の海底と近隣の惑星から発信される謎のインパルスを探り、分析しているはず。半時間以内にはその出どころが判明し、攻撃側部隊に情報がはいる。それを知ったら敵ははげしく抗議してくるものと覚悟している。しかし、かまわない。レムールの兵器庫を支配下においているかぎり、攻撃者は手も足も出せまい。半時間もあれば避難行動の三十パーセントが完了するだろう。

交渉場所が決まると、次は交渉人の選出である。双方とも相手を信用していないため、この危険な使命をみずからひきうけるのは拒否。一方、交渉人は充分な代理権を付与されることとする。こうして十五分もかかったあと、OGN側の交渉人にスリマン・クラノホ、攻撃者側に若い少佐がようやく決まった。そもそも時間かせぎをしようとしたのはレジナルド・ブルのほうだが、このときはじめて疑問を持った。アフィリカーはなぜこちらをせかすこともなく、相手ペースのゲームに参加してくるのか？　しかし、攻撃者の態度からは答えはひきだせない。

クラノホはすぐに出発。同時に、レーヴェン・ストラウトは、部下を連れてひそかに交渉場所を見張るよう指示をうける。そのとき、予想していたことが起こった。

「免疫保持者の転送を即刻停止せよ！」敵の司令官の声がインターカムから響く。「転送機の作動は交渉に不利益になる！」

レジナルド・ブルはしばらくして、最後通牒のような警告にようやく答えた。

「転送機を作動させないという約束をしたおぼえはないぞ。ここで起きていることはきみたちとは関係ない。交渉を決裂させるつもりならば、それでいい。十分後に地球の大都市は全滅するだろう」

反論はなかった。

＊

ランジート・シンにとり、すべては夢のなかの出来ごとのようだった。自分はもう腰ぬけの臆病者ではない。戦士であり英雄だ！ インパルス砲のうしろにひざまずいたときも、震えたりしなかった。エネルギー・インジケーターの青い光は明るく強い。エネルギーが充分にあるのだ。

現在位置で視界にはいるのはアーチ状の開口部だけで、隣接する部屋の奥の壁は見えない。しかし、熱で溶けた壁が煮えたぎる音は聞こえる。熱気がこちらの部屋まではいってきていた。突然、ブラスターの絶え間ない掃射音がやんだ。これで数分、計画実行を先送りにできる。

耳をすました。溶けた壁材が床の上に〝水たまり〟をつくり、やがてきしむような音をたてながらこわばっていく。遠くで声が聞こえ、重い足音がする。壁の向こうの状況を想像してみた。開口部は縁がまだ煮えたぎっている。アフィリカーはまず、高温の影響をうけないロボットを送りこんでくるつもりだろう。こちらには好都合というもの。インパルス砲で人間を撃つのは気が重いから。

足音が近づいてくる……躊躇《ちゅうちょ》することなく、一定の間隔で。ロボットは恐れを知らない。敵を捕らえ、場合によっては殺すよう、命令されているにちがいない。命令は実行あるのみだ。ついにロボット一体が、アーチ状の開口部から出現。インパルス砲のエネルギー充填装置から出る散乱インパルスに気づき、驚くほどすばやく向きを変える。

だが、インド人はそれよりはるか前に引き金を引いていた。直径二、三十センチメートルの太さのまばゆいビームが、不運な〝人間型マシン〟めがけてうなりをあげる。ロボットは大音響とともに爆発。しかし、すぐに次がはいってくる。アーチ状開口部は幅がひろすぎて、エネルギー・ビームでは完全にカバーできない。ランジートは本能と反射神経にしたがい、なかば無意識に引き金を引いた。インパルス砲自体に砲火が浴びせられて、周囲は耐えられない灼熱地獄だ。それでも、レムール兵器の巨大な砲身がかろうじて敵の一斉掃射から守ってくれていた。

ロボットが次々と爆発する。アーチ状開口部のまわりの壁が燃えだした。シンはK＝5の姿が見えなくなっても撃ちまくった。ときおり息をつきながらも、引き金から手をはなさない。はげしい音とともに放射されるエネルギー・ビームが一瞬でもとぎれたら、撃ち殺されるかもしれないのだから。

突然、ロボット数体がいっせいに、炎で溶けたアーチ状開口部にあらわれた。ジグザグに動き、できるだけ狙いを定められないようにしている。人間には決してまねのできないすばやさだ。しかし、ランジートは狙いなど定めない。ロボットの動きを平面として捕らえ、そのまんなかに向けて発射。人間型マシンの一体に命中し、爆発した。さらにもう一体……

やがて、思ってもいなかったことが起きた。部屋の片側に大きな容器が積みあげられている。中身はわからない。空を切ってはしるエネルギー・ビームがそのいくつかを捕らえ、容器がはげしく燃えあがった。ロボット二体が爆発したあと、整然と積みあげられていた容器の山が崩れ落ちる。それでも、ランジート・シンの注意はひたすらロボットに向けられていた。アーチ状開口部が無防備になっている。向こう側に待機しているK=5が気づいたら、チャンスを逃さず突入してくるだろう。

大爆発に見舞われたのはそのときだった。目もくらむような稲妻がホールをはしり、轟音で基地全体が震える。だが、シンにはもはやなにも聞こえなかった。すさまじい爆風で吹き飛ばされ、インパルス砲の砲身にたたきつけられたのだ。

ランジートの意識はろうそくの炎さながらに揺らいだと思うと、風に吹かれたごとく消えた。

＊

大爆発がとどろいたとき、レジナルド・ブルはマイクロカムでレーヴェン・ストラウトと話をしていた。会話を中断する。

「なんの音です?」マイクロカムの向こうでストラウトが叫んだ。「なぜ……いったいなにが……!」

地響きがする。

「どこかで大爆発が起きた！」ブルは緊迫した声を出した。「ストラウト、しばらくそこにいてくれ！　なにが起きたのか調べる！」

レジナルド・ブルは司令室から跳びだした。でくわした大転送ホール担当の警備員たちを通廊に集める。ホールへの入口ふたつは転送を待つ人々で混雑していた。子供や女はすでに安全な場所への移動をすませている。いまならんでいるのは戦力外の男たちだ。爆発のすさまじい轟音に驚き、おびえた視線をこちらに向けている。ブリーはそれを無視してとおりぬけた。

「爆発は兵器庫のあたりらしい」と、部下に叫ぶ。「全員、その場をはなれるな！」

レムール兵器がある場所に向かって、搬送斜路をそなえた幅広い通廊が伸びている。いちばん重要な中央ホールは二階層下だ。斜路はホールの天井と床の中間あたりの位置に出る。中央ホールは惑星間兵器の倉庫として使われているのだが、入口のハッチが壁から半分ひきちぎられているのが、遠くからでも見える。よりによって、旧レムール人のもっとも危険な武器が保管してあるところで爆発が起きたのだ。ブルの額に冷や汗が浮かんだ。

ハッチにあいた穴を通り、なかにはいった。四角い部屋の壁にバルコニーのような通廊がついている。その前にはベトン製の低い胸壁があった。下を見ると、レムールのさまざまな兵器がならんでいる。損傷はうけていないようだが、反対側にならんだものはいくつか倒れていた。壁の一部が陥没している。あいた穴から異臭をはなつ黒煙がもうもうと出て、視界を妨げていた。

あとにつづく部下たちに、バルコニーにそってふた手にわかれるよう命令した。下からさまざまな音が聞こえる。たいていは爆発の余波で跳び散った石がたてる音のようだが……規則的に聞こえてくる金属音もある。

ロボットの角ばった姿が二体、煙のなかからあらわれた。明らかにアフィリーの最新式ロボット、K＝5である。ブルはためらわなかった。肘の内側にとりつけた重ブラスターの自動発射装置がうなりをあげる。まばゆいエネルギー・ビームが黒煙をつらぬいた。ほんのすこし左に修正すると、ビームがロボットを完全に捕らえて爆破。これが部下たちへの合図になった。ふたたび、自動発射装置がビームをはなつ。二体めのロボットがぶじでいられたのは、ほんの一瞬だった。

「下にいかなければ！」部下のひとりがいう。「二体が出てきたところには、ほかにもロボットがいるはず」

レジナルド・ブルはかぶりを振り、答えた。

「いるのはロボットだけではない。アフィリカーがどうやってわれわれを背後から襲うようなまねができたかわからないが、ロボット以外に万全の装備をした特殊部隊がいるのはたしかだ。もし、下にいったら、その特殊部隊と鉢あわせすることになる」

「しかし……」

「この下には」ブルは部下の言葉をさえぎってつづけた。「たいへん危険な兵器が保管されている。地球に現在ある兵器のうち、もっとも危険なものだ。惑星が兵器庫もろとも吹き飛ばなかっただけでも、運がよかった。ここにいたほうがいい。アフィリカーに下を占拠させるようなことはしない。なんとしても阻止する」

数分がすぎた。開口部から押しよせる黒煙はおさまってきたが、ホールのなかはまだ煙っている。三体めのロボットが見えた。一瞬だったが、注意深い監視の目にはそれで充分だ。ロボットは退却するまもなく、前の二体と同じ運命をたどる。

そのあとすぐに、煙のなかから声がした。冷徹で不快だがよく通る声だ。崩れた壁にできた穴の向こうから聞こえてくる。

「降伏するのだ、〝狂人〟ども！」ひややかな口調だ。「きみたちは包囲されている。負けは明らかだ！」

レジナルド・ブルの口もとに笑みが浮かんだ。この声なら、何度も報道番組で聞いたことがある。

「ヘイリン・クラット、ならず者の親分だ」部下に小声で伝える。

次に、大声で下の煙に向かって叫んだ。

「むだなことはするな、クラット！　ここではいっぱしの男たちが相手だぞ。アフィリカーの弱虫とはわけが違う。きみたちがあけた穴からホールが見えるだろう。そこには、地球をこっぱみじんにできる兵器がおかれている。われわれが降伏する前に、やってやろうじゃないか！」

クラットは答えなかった。双方ともに居心地の悪い手づまりとなる。向こうはこちらの脅しを聞き流すことはできないが、こちらも脅しを実行するわけにはいかない。

ブルは、べつの場所で敵を阻止しようとしている部下の存在を思いだした。マイクロカムでレーヴェン・ストラウトに呼びかけてみる。しかし、返事はなかった。

＊

レーヴェン・ストラウトがいるところから、すこし開いたハッチを通して、閑散とした部屋が見えた。スリマン・クラノホが攻撃側の交渉人とともにすわり、時間かせぎをしている。低い声は聞こえるが、会話の内容まではわからない。

敵側の少佐が突然立ちあがると、左の手をあげて耳に当てた。先ほどの轟音を考えると、その動作は不安を呼ぶ。ストラウトはあとのことも考えず行動に出た。

「スリー！」と、大声で叫ぶ。「交渉をすぐに中断しろ！　こっちにくるんだ！」

スリマン・クラノホはいわれたとおりにした。変わり者の一匹狼だが、指示にすぐしたがう能力は持っているのだ。アフィリカーの少佐はまだ耳に手をあてている。どうやらマイクロカムの通信を聞いているらしい。クラノホは勢いよく立ちあがった。少佐がそれを見逃すとは思えない。念のため、顎のあたりに痛烈なフックをくりだす。アフィリカーは転倒し、気絶してそのまま動かなくなった。

クラノホは大股でハッチに突進。敵も見張りをひそませていたらしく、直径十四、五センチメートルの太さのブラスター・ビームが背後から追いかけてくる。だが、あわてて狙いを定めたのか、二メートルほどはずれた場所にあたった。相手が照準を合わせ直すよりも早く、レーベン・ストラウトは斉射をしかけてくる場所を特定し、連続射撃をくわえる。

ハッチが開き、クラノホは部屋の外に跳びだした。これで当面は安全だ。ハッチの向こうから攻撃してくる敵はいないし、ノックアウトされた少佐は床に横たわっている。レーヴェン・ストラウトはすばやく頭を働かせた。少佐の行動に対してすばやく反応したおかげでスリマン・クラノホは命拾いをしたが、同時に自分たちは一方通行の道に追いこまれた。交渉で時間をかせぐことができなくなったわけだから。先ほど聞こえた爆発音は、ポルタ・パトが背後から攻撃をうけた証拠である。敵はこれまで判明していた以外の入口を知っていたのだ。この展開により、計画は水泡と帰した。

いまは避難が完了するまで、大転送ホールのある基地中核部を敵の襲撃から守ることが先決問題だ。

レーヴェン・ストラウトは防衛拠点のメンバーに撤退命令を出した。これで、大転送ホールの周囲三キロメートルをかこむのに充分な人数が集まる。重要な分岐点だけでなく、側廊への出入り口も見張ることができるだろう。

最後の命令を出しおえたとき、センサー装備ロボットが、敵のロボット軍団の接近を伝えた。防衛側はすでに新しい持ち場へ撤退したから、前哨をつとめるのはストラウトの部隊だけである。近づいてくるロボットに背を向けて、危険がすくない場所で行く手をさえぎるほうが得策だろう。

退却はあわただしいものだった。そのため、マイクロカムが鳴っていたことに気づかなかった。考えをめぐらす。避難が完了するまで敵を防ぐことは可能かもしれない。しかし、地球に残留するメンバーは、四方を包囲されてどうなるのだ？

5

ランジート・シンは強い死の恐怖で目がさめた。自分が地獄へ落ちたわけでも、天国に行ったわけでもないことはわかる。しかし、なにも見えない。愕然とした。爆発で視力を失ったのだろうか。ただ、まわりが暗いだけなのか。

左肩にはげしい痛みを感じた。口を動かすと、砂をかんだような感触がする。あたりに埃が充満しているのだ。からだは思いのほかなめらかに動く。立ちあがると、なにか大きなかたいものに頭をぶつけた。どこからか石が落ち、音をたてて床にころがる。埃が雪崩のように降りかかってきた。

手探りでわかったのは、四方を瓦礫でかこまれたちいさな半円形の空洞にいることだ。レムールのトランスフォーム砲二門が爆発の勢いで仁王立ちのようになっている。おかげで、瓦礫に押しつぶされて圧死せずにすんだのだ。それにしても不安定きわまりない。トランスフォーム砲のどちらかがバランスを失うのではないかと思うと、動くこともできなかった。

埃が落ちる音以外、なにも聞こえない。アフィリカーやロボットはどうなったのだろう。爆発で生き埋めになってしまったのか？　爆音はOGNのメンバーにも聞こえただろうか？　奥にあった大きな容器には爆薬が貯蔵されていたにちがいない。ロボットに応戦しているうち、点火したのだ。生きているだけでも幸運だった。

暗闇のなかで考える。次になにをすべきか。そのとき、かすかな風を感じた。驚いてもう一度、あたりを見まわす。慎重に床を手探りして、瓦礫のなかの石を動かしてみる。いつ生き埋めになってもおかしくない状況だが、石をとりのけると、はっきりと空気の流れを感じた。さらに石ふたつをとりのける。ついに瓦礫が崩れ落ちはじめ、からだ半分が埋まった。しかし、目の前に手を伸ばすと、手にあたるものがない。大あわてで脱出。これまであった空洞は崩れ落ちたが、逃げ道ができた。そこを空気が流れているにちがいない。

四つんばいになって暗闇を前進する。ときどきとまって方向を確認。どこまで行っても、両側にごつごつした瓦礫が迫っているのがわかる。それでも前方は開けていた。思いきって立ちあがり、手を伸ばしてみる。天井に触れない。この通廊は天井が高いのだろう。苦労して這いつくばってきたのがばかばかしく思えた。石積みか、あるいは土管のような通廊にいるようだが、ここまでくれば爆発の影響はうけないだろう。しかし、どこに向かっているのか……

足を速めた。相《あ》いかわらずまわりは真っ暗闇だ。この通廊には、はじめから照明がなかったのだろうか。それとも、爆発のさいに故障したのか。

突然、通廊のまんなかにあった柔らかい物体にぶつかる。そこから頑丈な手が二本のびて巻きついてきた。インド人は度を失って叫んだ。目の前の暗闇から、なにやら甲高《かんだか》い声があがる。

「聞いたことのある声だ！　いつも泣き言をいうか、叫ぶか、どちらかだったな」

片方の手がランジートの震えるからだからはなれる。そのあと、すぐに明かりがともった。男の姿が浮かびあがる。背はそれほど高くないが、体重はインド人の三倍はありそうだ。かなりだらしない格好をしている。それでも完全武装だ。年は六十歳から七十歳のあいだだろう。ランジートは自分の目が信じられなかった。

「あんたは……」と、口ごもる。「あんたは……ジュピエ・テルマアル！」

太った男はうなずいた。

「どうやらそっちは臆病者のランジート・シンのようだな。あんたの泣き言のおかげで、カルカッタ上空では全員、頭がおかしくなりそうだった」

シンはあわててうなずき、ほめられたように満面に笑みを浮かべる。

「そうだ、わたしだ！」

＊

レジナルド・ブルは、中央ホールの防衛を部下にまかせ、宿舎にもどった。避難はほぼ完了したようだが、まだ男たち二百人ほどがオヴァロンの惑星への転送を待っている。第二の転送機は、レムールのロボットが運んできた機械類をすべてゴシュモス・キャッスルに送り終えていた。

大転送ホール前の通廊でシルヴィア・デミスターとでくわした。

「きみはオヴァロンの惑星にいくリストに載っていたはずだが！」

「申しこまなかったんです」シルヴィアはつらそうな顔で答えた。「オヴァロンの惑星にいく理由がありません。だから、ここにのこります」

ブルはなにもいわなかった。説得するのは無理だろう。

「わたしがのこったことを喜んでいただけるのでは？」と、シルヴィア。「計測装置に注意を向ける人間がほかにいないのですから」

「なにがいいたい？」

「一時間前くらいから、放射能の値が上昇しているのです」

「放射能だって？」

「ガンマ線です。兵器庫のほうから出ています」

逆算してみた。一時間前に爆発が起こったことと関係があるのだろうか？

「計測装置のところにもどるんだ」ブルはシルヴィアに命じた。「もしガンマ線の値が危険値に達したら、警報を出すように」

シルヴィアをそこにのこし、防衛拠点に向かって通廊を急いだ。あまりに多くのことが待ちうけている。まわりのものが一丸となり、ＯＧＮに敵対しているようだ。レーヴェン・ストラウトとようやく連絡がとれた。効果的に防戦しようと、部隊をひきあげたらしい。アフィリカーはその撤退によってできた真空地帯に侵入し、すでに防衛線まで到達していた。レーヴェン・ストラウトは敵を押し戻すため、すべての予備メンバーを動員している。ブルが防衛拠点まで行きつく前に、遠くからブラスターのはげしい掃射音が聞こえてきた。

レーヴェン・ストラウトと四人の男が通廊の交差点にいた。動かなくなった敵のロボットをバリケードに使っている。ロボットの体内にあるマイクロ核融合装置の水素タンクをからにしたので、ブラスター・ビームが命中しても爆発の危険はない。この核融合装置は〝人間型マシン〟が生命エネルギーをとりこむためのものだ。

レジナルド・ブルも掩体《えんたい》に跳びこむと、

「どのくらい持ちこたえられる？」と、ストラウトにたずねる。

がっしりした体格の男は肩をすくめて答えた。

「こちらの被害はたいしたことはありません。しかし、アフィリカーはすぐに、妨害放射ジェネレーターでは歯がたたない新型ロボットを戦列に投入してくるでしょう。そうなると大変です」

レジナルド・ブルはうなずいて、指示を出す。

「慎重に撤退をはじめるんだ。そうすれば敵は気づかない。あとは、レムールのロボットに防衛をまかせる」

レーヴェン・ストラウトの目が光った。

「どこか逃げ道を見つけたのですか？」

「まだだ。敵の特殊部隊が背後から侵入したときに使った道を探そうと思う。いずれにせよ、通常の入口からではないことはたしかだ。直接に海底を掘りぬいたのかもしれない」

ストラウトは驚きをあらわにした。

「技術的には可能でしょうが」と、反論。「ある程度、正確に行動するためには基地の施設を熟知していなければなりません。そうなると……」

ストラウトはそのまま黙った。レジナルド・ブルは深くうなずくと、

「そのとおりだ。まちがいない。アフィリカーはその知識をどこからか手にいれたのだ。もし本当に海底からきたのだったら、ここになにがあるかよく知っているのは疑う余地

がない」

レーヴェン・ストラウトは撤退命令を出した。その場でレムールのロボット部隊に、敵に対して最後まで抵抗するよう指示をあたえる。途中、レジナルド・ブルはストラウトと下級指揮官に苦肉の策を提示した。

「敵はこれまでほかの階層に進出していない。アフィリカーの特殊部隊はすべて、中央ホールがある階層にいるらしい。海底を掘りぬいてきたという推測が正しければ、道順は想像がつく。兵器庫のまんなかから基地の最上階へ通じているらせん状の通廊があるのだ。そこをいくと、太平洋海底下ほぼ二百メートル地点に位置する三角スペースに到達する。われわれの宿舎がある階層の上、つまり三階か四階から、この通廊に出ることは可能だと思う。そうすれば、敵の裏をかいて上に進撃できる」

「それからどうするのですか？　もしアフィリカーが海底からきたとしたら、外に潜水艇数隻をおいているでしょう。ボーリング坑の上端はエネルギー・フィールドによって海水から遮断されているはず。われわれが竪坑から這いでたとたん、まるで……」

レーヴェン・ストラウトは必死で比喩を探している。なにがいいたいかは、全員わかっていた。

「覚悟が必要だな」ブルはストラウトの心配をうけとめた。「いずれにせよ、それほど大きな危険ではないと思う。ヘイリン・クラットはボーリング坑が発見されるとは考えていない。この状況下で竪坑を守るのに部隊をさらに投入するなど、まぬけのすることだ。エネルギー・バリアの下には潜水艇が二、三隻いるだろうが、乗員は最小限におさえてあるにちがいない」

背後で重ブラスターがうなりをあげた。レムールのロボットが持ち場についた合図だ。しばらくして、一行はOGNの宿舎に到着。シルヴィアが計測室から出てきた。疲れはてたようすで報告する。

「ガンマ線の放射は時間とともに強くなっています。どこから出ているのか、わかりませんが」

*

そのすこし前、海底では奇妙なことが起こっていた。戦闘に参加している者はだれも気づかなかったが。半球型のエネルギー・バリアは、シャフトの入口だけでなく、ヘイリン・クラットの潜水艇に押しよせる海水を防御している。そこへべつの潜水艇二隻が近づいてきた。すでに錨をおろしている三隻と同じタイプの艇だ。バリア内を照らすランプの明かりをたよりに向かってくる。クラットの艇にのこっていた部下数名は不審をいだいた。援軍が投入される話など、聞いていない。

未知の潜水艇からメッセージがきた。出力を最小限に押さえたハイパー波で、エネルギー・バリアはぬけてとどくが、一キロメートル以上はなれたところでは受信できない。メッセージの内容は、危険が迫っているのでシャフト入口の警戒を強化せよというものだった。

これだけではクラットの部下は動かなかったかもしれない。ところが、最新の艦隊コードによるハイパーカム通信がキャッチされた。部外者が知るはずはない。そう考えたシャフトの警備兵は、念のため、古いコードを使って未知の潜水艇二隻に再度問いあわせてみた。すると、非の打ちどころがない返事が戻ってきた。おまけに、司令官は名のとおった高位将校だ。疑いはすべてとりのぞかれた。

潜水艇が一隻通れる大きさの構造通廊がエネルギー・バリアに生じる。未知の二隻はバリア内に停泊。各艇から男六人が降りてきて、四人グループを三つつくった。それぞれのグループが、先に錨をおろしていた三隻を訪れる。この訪問は、次のとおり事前に知らされていた。〝最新情報に関して説明したい。船載ポジトロニクスに入力するマイクロ・プログラミングを持参しているため、ハイパーカムを通じた連絡ではだめなのだ。これはちいさなプレートに物理的に組みこまれたもので、通信手段ではとどけられない〟

四人グループの男たちはそれぞれ、潜水艇内にはいった。全員、政府艦隊の制服を身につけている。高名な司令官の姿らしきものはなく、艇内のだれも顔を知らない男ばかりだ。だが、典型的なアフィリカーの無愛想な表情をしているので、疑う乗員はいなかった。

しかし、男たちが艇内にはいると、状況は一変した。ハッチが閉まったとたん、侵入者は小型の爆発物を投げたのだ。一瞬で麻痺ガスが艇全体にひろがる。この奇襲に対し、意識を失う前に抵抗しようとする乗員もいたが、パラライザーで撃たれた。不思議なことに、侵入者たちはガスの影響をうけない。麻痺作用を相殺《そうさい》する浄化装置を鼻のなかにいれていたのである。

こうして、未知の潜水艇二隻が停泊してから十分後、エネルギー・バリアの下は侵入者の作戦陣地となった。ヘイリン・クラットはなにも気づいていない。だが、海底ではすでに帰路が断たれていたのだ。

＊

レジナルド・ブルは部隊の先頭に立って慎重に通廊を進んだ。免疫保持者たちの住まいの四階層上に、反重力シャフトの出口がある。通廊はここから始まり、ブルが期待をよせるらせん状の斜路につづいていた。

不気味な静けさがあたりを満たす。レムール人はここを利用することがなかったのだろう。総勢三百人の部隊は大部分が男である。必要な人数を超えているが、いずれも留まることを選んだ者だ。

通廊は幅広く、左にゆるやかなカーブを描いている。両側には開口部があるものの、ハッチはついていない。なかは、がらんどうのようだ。レムール人技術者が大急ぎでとりつけたらしいわずかな照明が部屋をわびしく見せている。

突然、通廊がいきどまりになった。レジナルド・ブルは持っていた重ブラスターで壁をさししめす。

「その向こうに斜路があるはずだ」

「いまブラスターを使ったら、アフィリカーに気づかれます」レーヴェン・ストラウトが口をはさむ。

ブルはストラウトの顔をまじまじと見つめ、

「縁起でもないことを口にするやつは嫌いだ」と、なかば揶揄《やゆ》するように、なかば真剣にいう。

「それが真実だとしてもですか？」

「真実なら、ますます嫌いだ」と、ブリー。場に笑いがわき起こり、緊張が和らぐ。

いずれにせよ、迅速に行動しなければ。壁の厚さはせいぜい二メートルだが、アフィリカーが向こう側で待ちうけているかもしれないのだ。ヘイリン・クラットの部隊が中央ホールを突破してくるのを妨げるため、バルコニーに見張りを五人おいてきた。この五人の存在を忘れてはならない。壁の突破に成功したら、かれらが敵前から逃げてくるまで待たなくては。

メンバー三人が進みでて、武器を壁に向けた。ビームを最強に設定。溶接バーナーのように壁の一部を切りとろうというのである。これがいちばん手っとり早い方法だと、だれもが思いたかった。

「狙え……！」と、レジナルド・ブル。「発射！」

しかし、計画どおりにはいかなかった。ブラスターがビームをはなつ前に、大きな叫び声が通廊に響きわたったのだ。

「敵がきた！　援軍をたのむ！」

斉射の音が近づいてきた。K＝5ロボット一体が通廊にあらわれ、ゆっくり移動してくる。歴戦のメンバーで構成されたOGNの部隊にとっても、この予期せぬ出来ごとはショックが大きかった。通廊のつきあたりにいたブルは、混乱する男たちの列をなんとかとおりぬけた。うろたえるメンバーに行く手をさえぎられ、パンチをくらわして道を確保する。

「援護射撃だ！　右と左にわかれろ！　応戦するんだ、弱腰になるな！」

部下たちは、ようやくなにをするべきか理解した。レジナルド・ブルは開口部のひとつにうずくまった。K＝5が通廊の幅いっぱいに隊列を組んでやってくる。まちがいない。ヘイリン・クラットがこちらの行動を予測して追跡させていたのだ。どうやって中央ホールをぬけずに反重力シャフトまできたかはわからないが。

ブルは通廊の反対側に目をやった。レーヴェン・ストラウトが同じくうずくまり、重ブラスターをかまえている。ブルの視線に苦笑いで答える。通廊のまんなかに、敵の最初の斉射で犠牲になったメンバーがひとり倒れていた。

レジナルド・ブルは武器を上に向ける。ロボットがゆらぐ炎の壁の向こうに消え、爆発音が響いた。煙が通廊を満たし、狙撃手から視界を奪う。ほかのロボットはぼんやりとしか見えず、狙いが定まらなかった。こんなことではヘイリン・クラットに決定的なダメージをあたえられない。ロボットの残骸が通廊をふさいだとしても、クラットの部隊は部屋の壁を突破して前進するだろう……免疫保持者の防衛拠点に到達するまで。

ブルが部下に警告しようとしたそのとき、倒れたK＝5が瓦礫のように積み重なっている場所で、状況が新しい方向へ展開した。まだ無傷のロボットが武器アームをかまえたと思うと、いきなり反対方向に向かって撃ちはじめたのだ。驚きのあまり、こちらは攻撃のタイミングを逸した。引き金をひいたときには、〝人間型マシン〟はふたたび煙のなかに消えていた。斉射は失敗に終わったようだ。

突然、耳をつんざくような叫び声がした。厚い煙の向こうではげしい砲兵戦がはじまり、閃光が走っている。ヘイリン・クラットの部隊はだれと戦っているのだろう。だがいずれにせよ、こちらにとっては二度とないチャンスだ。敵の包囲網からぬけでるにはいましかない。

「反撃するんだ！」ブルの声は、煙の向こうで繰りひろげられる戦いの騒音をつきぬけて響いた。「援軍がきたようだぞ！」

免疫保持者たちはきちんと隊列を組んで前進した。五人が横にならぶだけの幅しかない通廊を、最前列は腰をかがめ、二列めは背を伸ばして進む。この梯形《ていけい》編成だと十人が同時に撃てるわけだ。

「わきの部屋に注意しろ！」と、大声でどなる。「アフィリカーが壁をぬけて出てくるかもしれない！」

思ったとおり、通廊の両側にならぶ部屋の壁にブラスターで焼き切られた穴がいくつも見つかった。しかし、煙のなかの戦闘に向かったのか、攻撃者の姿はどこにもない。

免疫保持者たちの前進をはばむものはなくなった。まだ熱を発しているロボットの瓦礫を越えていくと、ふらつきながら歩いてくる者があった。顔はすすけ、目は異様に見開いている。黒い顔のなかに白目だけがきわだち、不気味な様相だ。

「助けてくれ。死にたくない……銃撃が……」荒い呼吸をしたと思うと、力つきて床にくずおれた。

アフィリカーだ。武器は携帯していないので、ほうっておいた。煙に肌を刺すような刺激がある。床に転がっているもののなかには人間の死体も混じっている。ほかにもよろめいている姿があった。どの顔も憔悴しきって、はげしい恐怖を物語っている。

レジナルド・ブルの肩に手をおくものがいた。

「もう前進の必要はありません、サー！」しわがれた声がする。

レーヴェン・ストラウトだ。やはり顔がすすけている。

「なぜだ？」

「戦いは終わりました！」

その時はじめて、前方がしずかになっていることに気づいた。まだのこる煙のなかから、きしむような音が聞こえる。溶けた壁がふたたびかたまりはじめたのだ。うめき声もするが、ビームの飛び交う音はない。おそるおそる、二、三歩前に出てみる。ロボットの瓦礫につまずいた。何体あるのだろう。熱い金属片を足でどけると、乾いた音をたてて転がった。

「そこにいるのはだれだ！」煙の向こうから豊かな響きの低い声が聞こえた。

隣りにいるレーヴェン・ストラウトが身をかたくする。

「どうした？」ブルは小声でたずねた。

「あの声は……」と、ストラウト。

一瞬ためらったが、心を決めて声のかぎりに叫ぶ。

「アーチャー・プラクス！　きみなのか……？」

答えはない。やがて、足をひきずって歩くような音が聞こえた。やせこけた姿があらわれて、

「聞き違いでなければ、その声はわれらがストラウト！」

レジナルド・ブルは驚いて見知らぬ男を眺めた。七十歳くらいだろうか。栄養失調なのか、あるいは病気でひどく衰弱しているのか……顔だけ見れば髑髏《どくろ》のようだ。アーチャー・プラクスという名前は記憶に新しい。レーヴェン・ストラウトがテラニア・シティから脱出するさい、ジュピエ・テルマアルとともに災いから守った、正体不明の助っ人である。その数日後、ＯＧＮがパルクッタ地区に出動したときには、ふたりのおかげで作戦はたんなる失敗ですんだ。そうでなければ大失敗という結果になっていただろう。このふたりはどこからきたのか。だれの指示で動いているのか。アフィリカーなのに、その行動は政府の利益に反している。アーチャー・プラクスが引用したところによると、〝リーダー〟と呼ばれる秘密組織の指導者がいったらしい……免疫保持者は貴重な存在だと。

レジナルド・ブルはひらめいた。やせこけた男に歩みより、握手をもとめる。

「きみに会うのははじめてだが、おかげで助かった。感謝する」

アーチャー・プラクスは目をまるくして、

「助かった？　感謝？」と、低い声でくりかえす。

「なんのことだかわからない。わたしは計画を進めるためにきただけです。政府部隊の一部を撃破しました。ここにくる途中で合流したあなたの部下五人は、半壊した中央ホールでひきつづき歩哨の任務についています。もうじゃまはいらないでしょう。潜水艇を用意してあります。そちらの部隊を輸送しましょう。できるだけ早くここから出たほうがいい」

言葉が見つからなかった。謝意をあらわしたのだが、アフィリカーには感謝の意味そのものがわからないのである。質問しようかとも思ったが、時間がない。ブルはしかたなく、向きを変えて、通廊の奥に向かって叫んだ。

「もうだいじょうぶだ！　助けがきた。出発準備はすべて完了したぞ！」

アーチャー・プラクスが率いるメンバーは総勢百五十人だった。どのようにして基地に侵入したかは、いまのところひと言もしゃべらないが。ヘイリン・クラットの特殊部隊がOGNの残留メンバーを通廊に追いつめて殲滅《せんめつ》しようとしたとき、プラクスらが援護射撃したのである。アフィリカー部隊のうち、ロボットはすべて破壊されたが、兵士の半分は逃げおおせた。それでもクラットの部下の多くが命を落とした。戦闘不能となった十数人はプラクスやOGNの部隊に投降。武器をとりあげられ、そのまま放置された。ヘイリン・クラット自身は行方不明だ。そもそも戦闘に参加していなかったのかもしれない。

ふたつの部隊は合流し、ブルとストラウト、そしてプラクスが先頭に立った。そのとき突然、山羊の鳴き声のような甲高い声が背後で響く。レーヴェン・ストラウトが思わず立ちどまって振り返ると、部隊のメンバーをかきわけて男がふたりあらわれた。ひとりは太っていて、ひどく息を切らしている。もうひとりは浅黒い肌をした華奢《きやしゃ》な男で、あちこちの傷から血を流していた。

「ジュピエ・テルマアル！」レーヴェン・ストラウトが叫んだ。「近くにいるだろうと思っていた！」

レジナルド・ブルは、華奢なほうを見た。

「ランジート・シン！　とうにオヴァロンの惑星にいっているはずだろう！」

浅黒い男の目がよろこびで輝く。

「そのはずだったのです、サー！」シンはきびきびと答えた。臆病なインド人にこれまでになかったことだ。「しかし、わがOGNのために方針を変えました。わたしがいなかったら、きっと……ここにいる全員がとっくに命を失っていたでしょう」

自信過剰とも思える発言だ。レーヴェン・ストラウトは、友のテルマアルからシンに視線をうつした。

「なるほど」と、あざけるように口のなかでつぶやく。「ランジート・シン、OGNの救世主か！」

「すこし考えれば」ジュピエ・テルマアルが甲高い声でいった。「ランジートのいうことを認めざるをえない。パルクッタではめそめそと泣きごとをいって、われわれを困らせたが、ここでは慎重に行動したんだ。そう……あんたたちがいうところの〝英雄〟のように」

6

まわり道をしてらせん状の斜路にたどり着き、ヘイリン・クラットが設置したシャフトまでいっきに進む。アーチャー・プラクスは、海底に停泊していた三隻の乗員を無力化したようすを手みじかに語った。だが、自分たちが潜水艇を手にいれた方法や、機密事項の艦隊コードを知った経緯については、口を閉ざしている。そもそも、こうした行動に出る理由にいっさい触れない。

総勢四百五十人あまりの男女が潜水艇五隻に分乗する。アフィリカーの潜水艇で捕虜となった乗員は連れていくことにした。シャフトの一部が土砂で埋まり、入口が消えかかっている。シャフトを掘ったあと、防御バリアの効力が衰えはじめたのだ。半球型のエネルギー・フィールドはしだいに縮小していき、最終的には消えてしまった。

レジナルド・ブルとアーチャー・プラクスは艇内で協議した。

「部下たちをどこに向かわせるのか、はっきりした計画をお持ちだと思いますが」と、プラクス。

「そのとおり」ブルはきっぱりといった。「ちいさなグループに分けて、それぞれ、割り当てられたかくれ場を探すのだ。移動のため、グライダーをあらゆる場所に待機させてある」

アーチャー・プラクスはうなずき、

「では、部下はグライダーのかくし場所で降ろしましょう。あなた自身は……？」

レジナルド・ブルはにやりとした。

「メンバー数人とともにライオンの穴におもむく」

「テラニア・シティへ？」

「そうだ」

「ちょうどいい。テラニア・シティはわれわれの目的地でもあります。リーダーの先見の明はたいしたものですな。あなたが首都に向かうだろうと、ほぼ確信していたのですから」

「〝リーダー〟とは？」

アーチャー・プラクスはかぶりを振った。

「真相は伏せておくようにいわれています。リーダーの楽しみは人をびっくりさせることでしてね」

その言葉がひっかかる。〝楽しみ〟とか〝びっくりさせる〟とかいう表現がアフィリカーにそぐわないからだ。驚いたのは、こうした表現のあらわすところを感受する人間がテラニア・シティにいるということ。きっと免疫保持者だろう。

潜水艇五隻が出発。周囲の海域に敵がいないことを確認すると、水深二千メートルの深海から、まずは西に針路をとった。そのあとはわかれて南太平洋に向かい、各目的地をめざす。OGNのメンバーは次々と艇を降り、駐機してあったグライダーを使って先に進んだ。アーチャー・プラクスは潜水艇五隻のかくし場所を、オーストラリア、インドネシア、東南アジアの海岸に用意していた。プラクス、ブルとその側近十二人が乗るグライダーは、ラングーン近くにかくしてある。

そのころ、太平洋の中央アメリカ海岸近くで大変なことが起こっていた。

＊

旧暦標準年、三五八〇年十二月十六日の夜。自動地震計が南北アメリカ大陸の西海岸ぞいにはげしい地震を観測した。震源はレビジャヒヘド諸島の南西数百キロメートル地点である。

すぐに、ごく短時間の揺れだったことがわかった。くわえて、観測されたインパルスは地震でなく海底での大爆発によるものだと判明。明け方、南北アメリカの西沿岸に中規模の津波が押しよせた。

爆発が一度だけだったこともあり、大きな騒ぎにはならなかった。ただ二カ所においてのみ、この揺れがなにを意味するか知る人々がいた。インペリウム＝アルファと、水深千五百メートルの海底をラングーンに向けて進んでいる潜水艇の艇内だ。奇妙なインパルスの説明はついていた。ポルタ・パト、旧レムールの最後の基地が爆破されたのである。

レジナルド・ブルは、潜水艇から射出したゾンデでこれを知った。地上のニュースを盗聴する目的だったのだが。自動計測装置のしめす放射能の数値が異常に高かったことを思いだす。ランジート・シンの体験と考えあわせると、海底基地で大爆発が起きた理由がわかった。

中央ホールで爆発が起き、壁が破壊されてランジート・シンが生き埋めになった。その結果、薬品容器の近くで火災が発生。火は化学物質により勢いを増し、周囲は非常な高温になる。それが、近くにあったレムールの核爆弾に影響をおよぼしたのだ。

核爆弾の起爆装置は臨界量の原則にしたがって作動する。起爆に必要な核分裂性物質はふたつの部分に分かれており、それぞれは臨界未満である。点火の瞬間、ふたつの部分がひとつになって臨界量を超過し、爆発にいたる。これが通常の核爆弾点火の原則だ。二十世紀末、すでにテラでもちいられていた技術である。核爆弾はたいへん危険であるため、臨界未満の核分裂性物質を動かすメカニズムは何重にも保護されている。ふたつに分かれた核物質が偶然に結合する可能性はゼロといっていい。

ところがポルタ・パトの場合は、明らかに高温が核分裂性物質に作用してしまった。その結果、臨界量未満のふたつの部分がひとつになった。かなりの時間をかけて核分裂をくりかえしたのだろう。たえず増えていった放射能値がそれをしめしている。最終的に臨界量に達して、核爆発が起きたのだ。

崩壊の危機が迫る基地から脱出できたのは僥倖《ぎょうこう》だった。アフィリカーが危険を察知して安全なところへ逃げたかどうかは、いまのところわからないが。

ポルタ・パトはもはや存在しない。レムール人最後の基地は五万年の歴史を閉じたのである。

＊

トレヴォル・カサルには、満足とか怒りといった感情はわからない。ただ事実を確認するだけだ。

十二月十七日の朝、ポルタ・パト襲撃が失敗に終わったという事実を確認した。第四陸戦隊のメンバーは大半が戦死し、太平洋の海底に沈んだ。数名が助かったのは偶然といっていい。そのなかのひとりがヘイリン・クラットだ。敵の残兵は逃げたことがわかっている。

カサルは特殊部隊をふたつに分けていた。第一部隊の任務は、未知の場所までふくめて基地を徹底的に調べること。ヘイリン・クラットがいたのはこちらである。核爆発が起きたときは基地の中核部から数百キロメートルはなれた出口の近くにいたため、命拾いした。第二部隊のほうは、最前線で敵兵を目の前にしていたらしい。それを示唆《しさ》する通信がいくつかあったが、途中で聞こえなくなった。そのあとなにが起こったか、だれもわからない。いずれにせよ、核爆発の前にすでに全滅していたのだろう。敵兵たちが逃げおおせたのはまちがいない。海底にのこしておいた潜水艇三隻が姿を消したから。敵が逃亡するあいだに、主力の第一部隊は、ポルタ・パトの中核部を守るレムールのロボットと戦っていた。核爆発を避けられるはずもなく、全滅。

トレヴォル・カサルは推測した。ヘイリン・クラットはおそらく、第二部隊よりも敵と遭遇する可能性がすくないと考えて第一部隊の指揮をひきうけたのだろう。アフィリカーならだれでも、危険が迫ってくると本能的に死の恐怖にとらわれる。かなり見識の高い人間でさえ、そうだ。ヘイリン・クラットも同じ。本能に対し、知性は役にたたないも同然である。

トレヴォル・カサルだけが、そうした状況でも本能を完全にコントロールできる。純粋理性の光に照らされた唯一の人間なのだ。その理性は死に直面してさえも、恐怖を屈服させる力を持つ。この才能だけでも自分は最高権力者にふさわしい……カサルはうぬぼれぬきで、そう考えていた。純粋理性の教えを守り、ひろめる人物は、おのれのほかに存在しない。それが自分の使命であり、この使命に永久に専念できる状況に身をおくつもりだ。

ポルタ・パトを襲撃したのはOGNの殲滅というより、レジナルド・ブルがつけている細胞活性装置を掠奪するため。これを手にいれることが、トレヴォル・カサルの火急の目的である。ブルの細胞活性装置は最近まで、ほかの不死者のものと違うところがあった。生命維持装置としての効果は変わらないが、配線のわずかな不具合のせいで、アフィリー作用に対する免疫性が損なわれるのだ。この不具合は最終的に解消されたわけだが、カサルから見れば、レジナルド・ブルは不合理な情緒性の世界に逆もどりしたことになる。

トレヴォル・カサルは心に決めていた。細胞活性装置を手にしたら、不具合が解消される前と同じように調整しなおそう。そうすれば、純粋理性の利点はそのままで、永遠の命を得ることができる。

ところが、この望みははるか遠くへ押しやられてしまった。レジナルド・ブルはどこにいったのだろう。ポルタ・パトから逃げだしたのか、あるいは爆発でやられてしまったのか？　まだ地球にいるのか、それとも転送機で脱出することに成功したのか？

転送機の不審な作動に関してはこれまでに把握している。ゴシュモス・キャッスルから発信された第二のエコー・インパルスも捕らえた。ゴシュモス・キャッスルは地球に隣接する惑星で、原住種族のムシーラーが暮らしている暑い砂漠だらけの地だ。人間の生活空間としては適さない。それでも、ポルタ・パト壊滅のほぼ二時間前、地球とこの砂漠惑星間での転送機作動が確認されている。〝善良隣人機構〟の大半がゴシュモス・キャッスルに逃げたのは明白だ。

トレヴォル・カサルは重装備の宇宙船による軽戦隊をゴシュモス・キャッスルに向かわせた。転送機の受け入れ部がある場所はかなり正確にわかっている。軽戦隊の任務はOGNを追跡し、捕らえて無害化すること。〝狂人〟をひとまとめに粛清してはならない。ゴシュモス・キャッスルへの逃亡者のなかにレジナルド・ブルが紛れこんでいたら、いけどりにするよう厳命した。

＊

青白い月光のもと、瓦礫のなかのスラムが不気味な姿をさらしている。レジナルド・ブルは悲しみに襲われた。ここはかつて、千六百年以上前に建設がはじまった町の中心地だった。テラニア・シティ、塩湖のほとりにある第三勢力の拠点である。ここに最初の都市がつくられたのだ。首都はエネルギー・バリアでおおわれ、地球におけるさまざまな勢力がくりだす攻撃を再三にわたって阻止した。

のちの時代の都市計画者たちにとり、塩湖の存在はじゃまなものとなっていった。やがて、湖の一部がかつてのなごりとして、ひろい緑地帯のなかに点々とのこるのみとなる。それでも、綿密に塩分除去プロセスをほどこした水面には色鮮やかな魚が泳いでいた。町の中心部は史跡保護下にあり、四十年前にはまだ二十世紀末の建物があちこちに建っていたもの。

いまはそれもない。社会のアフィリー化が進むにつれ、大都市の中心部はふたたび千六百年以上前の状態にもどりはじめた。みずからの意志で行動できない者たちが集まるスラムとなったのである。

人間がアフィリカーとなって情動が欠落すると、意識のなかで原本能と知性だけがのこる。感情がなくなってできた隙間を、のこったふたつが満たすのだ。原本能に対して知性が勝利をおさめる場合もあるが、多くはその反対である。

アフィリー以前から平均以下の知性しか持たなかった人々は、〝本能隷属者〟という新しいカーストを形成した。かれらはつねに不安につきまとわれる。どこにいても、どこにいっても、心のなかに不安をいだいている。自分たちの生計をまかなうこともできない。アフィリー政府は、社会の役にたたないこれらの人間が都市中心部にもぐりこんでくるのを黙認した。都市の中心というのはたいてい過去の遺産がある。あらたな権力者にはどっちみちうさんくさい場所なのだ。

こうして都市中心部は新しい時代の〝ゲットー〟となり、本能隷属者たちはそこに住みついた。建物や道路は荒れほうだいで、壊れかけた家も多い。だが、役人は維持・補修のために一ソリも出そうとしない。〝ゲットー〟はスラム化し、半分崩れ落ちた建物が記念碑のようにそびえたっていた。

　レジナルド・ブルがその光景を目に焼きつけようとしている。グライダーを操縦していたジュピエ・テルマアルは、それを察したかのように、思わず機をとめた。ひろくしずかな機内の外に、グレイの瓦礫砂漠がひろがっている。

「行ってくれ」レジナルド・ブルはかすれた声でいった。「この光景は気が滅入《めい》る！」

　グライダーは瓦礫の上を、なんの障害もなくすべるように進んだ。スラムには目印になりそうなものがわずかしかないが、それでもジュピエ・テルマアルは迷いなく進んでいく。目的地を正確に知っているようだ。

　月明かりのなかに奇妙なかたちをした廃墟があらわれた。二十世紀末期の建築様式で、超高層ビルだったのかもしれない。当時の典型的なビルといえば、間口がせまく高さは数百メートル、全体の四分の一がベトン製で四分の三がガラス製だったもの。ただし、いまは百メートルの高さもないベトンの残骸があるだけだ。窓枠は雨風にさらされて腐食し、ガラスのはいっていない窓が生気のない目のように見える。

　グライダーは廃墟のまわりをすれすれに迂回して、反対側に着地した。すぐそばの地面に大きな穴が黒々とあいている。ジュピエはエンジンをとめると、振り向いて乗客三人にいった。

「その穴を降りていってください！　ボスが待っています」

ハッチが開く。レジナルド・ブル、レーヴェン・ストラウト、シルヴィア・デミスターの三人がグライダーから降りた。ブルが手に持ったランプで真っ暗な穴のなかを照らすと、風雨にさらされた階段が下にのびていた。以前は地下室に通じていたにちがいない。

「その下です……そう、その方向へ……」と、テルマアルがグライダーのなかから声をかける。

ブルが最初に歩き出した。階段を降りきったところは、なにもない四角い部屋だった。奥の壁に旧式の白熱灯がついている。どこかの博物館に展示されていそうな代物だ。まわりを見まわす。手にしたランプの光が、殺風景な壁を伝って動いた。

「あまり客を歓迎する雰囲気じゃないな」レーヴェン・ストラウトの声が部屋のなかにくぐもって響いた。

その声が合図になったか、ランプのすぐそばの壁に隙間ができた。隙間は音もなくひろがり、扉のかたちをした開口部となった。その向こうに、明かりで照らされた部屋が見える。家具もそなえつけられているようだ。無人なのか、夜の訪問者に話しかけてくる者はいない。開口部があるのだから、はいってこいということだろう。レジナルド・ブルは奥の部屋に足を踏みいれた。

部屋はとくに大きくもちいさくもない。奥行きが七メートル、幅が四メートルほど。家具はさまざまな時代様式のもので、適当に集めてきたように見える。テーブルとすわり心地のよさそうな椅子がいくつかある。天井にはめこまれたちいさな照明プレートが、暖かみのある光を部屋じゅうに投げかけていた。左側の壁にハッチがある。レジナルド・ブルが近づいてみたが、開かなかった。ノブや手をかける場所もない。

「すわろう！」と、ほかのメンバーに声をかける。「招待主はまもなくあらわれるだろう」

全員、椅子に腰をおろす。数分間がすぎた。それぞれが考えをめぐらせている。シルヴィアは沈み込んだようすで前を見つめていた。だれもひと言もしゃべらない。突然、物音がした。だれかがあわてて家具にぶつかったような音が、秘密めいたハッチの向こうから聞こえてくる。

レジナルド・ブルが奇妙な行動に出たのはそのときだった。大きな声で叫ぶ。

「出てこないか、アイアンサイド？」

7

ハッチが音もなくあがっていく。その下に、肩幅がひろく長身の男の姿があらわれた。角ばった頭で、白髪を短く刈っている。知性的な目には謎を秘めた炎が燃えていた。薄い唇に親しみをこめた笑みを浮かべる。黒いローブが厚みのある黒いブーツをほとんどおおっていた。

テーブルに近よってくる。

「なぜ、ここにいるのがわたしだと思ったのです？」響きわたるような声だ。

ブルにつづき、シルヴィアとストラウトも思わず立ちあがった。黒いローブの男からは、思わずひれ伏したくなるようなオーラが出ている。

「さんざん考えたよ」と、ブル。「こちらのすべてを知っている組織。われわれが窮地におちいるとあらわれ、助けてくれる組織……設立できる人間を探したら、消去法でいくと、きみしかのこらない」

ローブの男はほほえみながら、うなずいた。

「それほど高く買ってくれるとはうれしいもの。ＯＧＮにしてみれば、わたしは頭のおかしい人間でしょう」

ブルは真剣な表情をくずさないまま、答えた。

「そう思っている者もいるかもしれない。しかし、きみがしたことを見れば、意見が変わるはず」

黒いローブの男は高笑いをした。心の底から愉快そうに。それは真の朗らかさを感じさせる、魅力的な笑いだった。たんなる免疫保持者ではない。アフィリー社会の苦難のなかで、この朗らかさを守りとおしてきたのである。

アイアンサイド神父……聖フランチェスコ兄弟修道会の聖職者だ。あの不幸な三五四〇年、人類がアフィリーの手に落ちたとき以来、地球でひろく知られている。当時はわずか七十歳で、もともとアフィリーに対して免疫があった。〝純粋理性〟に屈従させられた人々を救うため、恐れを知らず全力をつくしてきたのだ。その大胆不敵さゆえに、アフィリー政府から危険な敵と見なされている。

《ソル》が地球をはなれ、追放されたローダンと随行者を乗せてあてどない旅に出たとき、ロワ・ダントンとともに船内にいた。地球上空数千キロメートルのところで、アイアンサイドとダントンは飛翔防護服を着用して船から降りる。アイアンサイドの降り方があまりにも大げさだったので、ダントンはまったく気づかれずにすんだ。それが本当の狙いだったのだ。

免疫保持者たちは、政府の執拗な追跡を逃れて地下にもぐることを余儀なくされた。そのときからアイアンサイドは仲間にくわわる。信心深い人間だったので、ためらいなく〝善良隣人機構〟の活動に全力を注いだ。当時、組織はロワ・ダントンがひとりで率いていた。レジナルド・ブルはまだアフィリーの手中にあったから。

だが、アイアンサイド神父はのちにOGNと袂《たもと》をわかつ。利用されるばかりで、こちらの気にすることには耳をかたむけてもらえないと感じたからだ。神父は独自の道をいくことにした。決別のさいのスピーチは、いまなお多くの人々の耳にのこっている。

「われわれ、どちらもある人の帰還を待っている点では同じだ。あなたたちが待っているのはひとりの人間で、わたしは三千五百年以上前に復活を約束された方を待っている。われわれはもうこれ以上、ともに任務を遂行することができない。あなたたちは、ひとりの人間が全人類を救うとかたく信じているのだから……ペリー・ローダンという名の人間が！」

OGNの多くのメンバーにとり、その言葉は不快で聞くにたえない。しかし、考えれば考えるほど、神父のいうことが正しいと認めざるをえなかった。とはいえ、OGNが一夜にして信仰深いキリスト教団体に変わったわけではない。

人々が納得したのは〝復活〟に関するくだりではなく、自分たちがローダンの帰還を待ちのぞんでいるという点だ。メンバーたちは真剣に考え、ひとつの結論に達した。自分たちの行動はこれまですべて、大執政官がいつの日か帰ってくるという希望にもとづくものだった。その希望は、年月がたつほどに実現性が疑われてくる。

この時点からOGNの哲学は変わった。姿の見えないペリー・ローダンとの結びつきを断ち、独立した組織となった。これなら、アイアンサイドも罪の意識を感じることなく組織のいいぶんに耳をかたむけたかもしれない。しかし、このときすでに神父は行方をくらましていた。

アイアンサイドは現在、百十歳。レジナルド・ブルは、アフィリー政府の指導者だった四十年前に二、三度会っている。そのあと、自身がOGNにくわわってからはその名をよく耳にした。

「きみはわれわれをひどい苦しみから救ってくれた」ブルはいった。「そのことを感謝する」

アイアンサイドは手を振って否定した。

「わたしがしもべとなっている方に感謝してください」

「なぜ、われわれを助けてくれたのだ？」

アイアンサイドのごつい顔に皮肉っぽい笑みが浮かんだ。

「わたしの教会について聞いたことがありますか？　困っている人を救うのがその使命

だということを知っていますか？」

しかし、そのあとすぐに真顔にもどると、

「あなたたちが必要なのだ。だから助けたのです」

「われわれが必要？」ブルはくりかえした。「目的は……？」

「地球は人類ともども、破滅のときを迎えるでしょう。アフィリカーは〝喉〟への転落はまだ防げると思いこんでいる。しかし、それが思い違いであることは、わたしもあなたもわかっている。そうでしょう？」

「そのとおりだ」ブルは認めた。「しかし……」

「この世界で生きる二百億の人間が、悪魔の呪縛から逃れられないでいる」アイアンサイドは相手の言葉をさえぎった。声が緊迫感を増してくる。その豊かな響きが部屋を満たした。「われわれはその呪縛から人類を解放するために、行動を起こさなければなりません。さもなければ、最後の審判のときに神の前に立てない！　いっていることがわかりますか？」

レジナルド・ブルはそれほど信心深くないが、アイアンサイドの言葉には心を揺さぶられた。

「力を貸そう」と、ブル。「どんな役にたてるかわからないが……」

「それは、また別の機会に」アイアンサイドはブルの承諾を明らかによろこび、大声で答えた。「とりあえず、あなたがたはわれわれの客人です。大事件のあとで疲れたでしょう。休養が必要ですな」

「われわれとは？」

「〝信仰の論理〟というグループです」アイアンサイドは答えた。その声に誇らしさがにじむ。「いまはなにかわからないでしょうが、そのうち時間を見つけて説明しましょう」

それ以上聞きだすことはできなかった。アイアンサイドは自分が出てきたハッチをあけて、客を案内する。そこはちいさな控え室で、向こう側は明るく照明がついた幅広い通廊につづいている。搬送ベルトがそなえつけられ、軽く音をたてていた。レジナルド・ブルはたゆみなく回転するベルトを驚きの視線で見つめた。最近とりつけられたものにちがいない。

アイアンサイドがブルを愉快そうに見て、

「本能隷属者と呼ばれる人々がつくったのですよ。自分の鼻もかめない連中と思われていましたが」

レジナルド・ブルはアイアンサイドをくいいるように見つめた。

「〝信仰の論理〟については、またの機会にじっくりと説明してもらおう。われわれ、もっとも重要な力を見逃していたかもしれないのだな？」

アイアンサイドは角ばった頭をかしげた。

「判断はご自分で……あす、くわしいことを聞いてから」

＊

レジナルド・ブルたちはのこりの仲間と合流して、その夜を快適な地下の宿舎ですごした。スリマン・クラノホ、オリヴェイロ・サンタレム、ランジート・シンもいる。それにしても、スラムの住民組織はどうやってこの豪華な家具調度をそなえたのだろう。ここはたしかに特別仕様の客用宿舎だが、組織のメンバーも同じように快適に暮らしているらしい。アイアンサイドがさりげなくいっていた。

翌朝、OGNのメンバーは談話室のようなところで朝食をとった。窓のかわりに巨大なスクリーンがそなえつけられ、スラムの瓦礫風景が一望できるようになっている。テーブルには本当の〝ごちそう〟がならんでいた。新鮮な肉、卵、牛乳……アフィリーの世界では天文学的な値段がつくほど高価なものだ。

食事が終わると、アイアンサイドは副官のジュピエ・テルマアルとアーチャー・プラクスを連れてあらわれた。

「ジュピエとアーチャーが同行者のお世話をします」と、アイアンサイド。「わたしは国家元帥閣下に、このスラムにある基地の最重要施設をご案内しましょう」

ブルは手を振ると、

「その呼び方はやめてくれないか」と、すこし不愉快そうにいった。「どうも、国家元帥と呼ばれると居心地が悪く……」

「遺憾ながらそうはいきません、国家元帥」アイアンサイドは相手の言葉をさえぎった。「この役職は立法府とインペリウム＝アルファの住民たちにより承認されたもの。解放されるのは死んだときか、あるいは所轄の委員会によって退任申請が認められた場合のみです。あなたは生きてわたしの目の前に立っている。つまり、最初の可能性は除外された。退任申請はまだ出されていないと思いますが？」

「それはそうだが」ブルは不機嫌な顔をした。「しかし、その称号にどんな価値があるのか……」

「それがあなたたち不信心者のもっとも悪いところだ」アイアンサイドの声が響いた。愉快そうにウィンクしている。「希望をあっさり捨て、早々にさじを投げる者たちよ！」

それ以上は語らず、神父はブルを連れて視察に出発した。〝信仰の論理〟がかつて地下道だったところに建設した交通システムは、地上の大都市の公共輸送機関とくらべても遜色がない。搬送ベルトを設置した通廊と幅のひろい道路があり、そのうえには反重力エンジンをそなえたグライダーが飛び交っている。滑走斜路や反重力シャフトもあった。交通量は多いが、譲りあってうまく動いている。通常のアフィリー社会では、他人を犠牲にして自分の利益をもとめようとするため、何をはじめるのもうまくいかないのだが。

「きみの仲間は全員アフィリカーなのでは？　違うのか？」と、ブルはたずねた。

「たったひとりの例外はわたしです。わかっているかぎりにおいてですが……」アイアンサイドは認めた。「この組織には、地球の全大都市あわせて千八百万人が所属していますから。そうかんたんに全員を調べるわけにはいかないのです」

「千八百万人だと……？」ブルは驚いた。「その全員をひきつけて、最後まで行動をともにさせる方法とは？」

「〝信仰の論理〟ですよ」アイアンサイドは真剣に答えた。

「というと？」

「それについてはあとで話をしましょう。いくつか見てもらいたいものがあります」

＊

レジナルド・ブルはまず工場を視察した。政府の基準にしたがった個人識別コード発信機、すなわちＰＩＫが生産されている。次に、通信ステーション。複雑なコード生成装置、チョッパー制御装置、要約装置をへて、組織のほかの基地とスムーズに交信できるようになっている。それから、人工太陽が輝く大ホール。床にほんものの草が生え、健康そうな牛がそれを食《は》んでいる。果樹園もあった。最後に見たのが学習室である。新しくメンバーになった者は、ここで〝信仰の論理〟の原理や中心思想を教わるのだ。

午後遅く、ふたりはアイアンサイド神父の質素な住まいにもどってきた。壁には大きなキリスト磔刑像《たっけいぞう》のほか、なんの飾りもない。その像と一種独特の対照をなしているのが、技術的な装置の数々だ。コミュニケーション装置がもっとも多い。神父はこれを使い、住まいの外での出来ごとについて最新の情報を得ているのだろう。

古ぼけたちいさな自動供給装置が、疲れをいやす飲み物をならべた。アイアンサイドがきく。

「なにか質問がありますか？」

「ひとつだけ」と、ブル。

「で、それは……」

「きみはどうやってこの施設を完成したのだ？」

アイアンサイドは返事をためらった。

「かんたんな説明では納得されないでしょうな」と答えたのち、しばらくしていった。

「強力な援助によってです。それだけではわからないでしょうから、細かく説明します。国家元帥はアフィリーの宣伝文句をご存じですか？〝理性は世界を支配し、理性的人間は運命を支配する〟という」

レジナルド・ブルはうなずいた。

「そのキャッチフレーズは聞いたことがある」

「真に理性的な者にとり、この文句は意味深いし、真実をふくんでいるように聞こえるでしょう。意識がほとんど知性だけで成りたっている人間……日常生活において非理性的な衝動をおさえ、ひたすら理性的に行動できる人間。そういった人々にはうってつけのキャッチフレーズです。実現可能ですから。

しかし、そこまで理性が立派にそなわっている人間は多くありません。一方、感情を失ったさいに意識内を本能で埋めてしまった人間はどのくらいいるでしょうか？　寝ても起きても不安におびえ、真に理性的に行動できない者は？　つねにだれかに追われていると感じながら生きている者は？」

アイアンサイドはすこし間をおくと、自分の問いに自分で答えた。

「数かぎりなくいます。大多数の人間はアフィリー社会ではどうにもなりません。それを証明する統計があるのです。生産性は落ちているし、研究は進まない。ほかにもあります。アフィリーはこれに対してなにがいえるのでしょう？　どう生きろと教えるのでしょう？　なにもできません。アフィリーは大多数の人間に対して無力なのです。

そこでわたしが登場したわけです。最下層の人々にこういいました。あなたたちは不安に震え、なにもできないでいる。汚物と疫病にまみれて暮らし、生まれたその瞬間からなにも役にたっていないと。

かれらの不安と貧しさに対する処方箋を、だれひとり知りません。だれひとり……わたし以外は。かれらは全員、おのれの暮らしのひどさを、おのれのみじめさを認識しています。だから、どのような処方箋があるのかたずねるのです。わたしは答えました、〝団結しなければならない〟と。ひとりひとりが、隣人のいやがることをしなければいいのだと。

例をあげてかれらに説明しました。たとえば掠奪しようと思ったら、ひとりで出かけないこと。外の世界はずるがしこい力に支配されているので、一匹狼だとつかまってしまう。チャンスをうかがう人間、武器を手配する人間、実際に盗みをする人間……すくなくとも三人いれば、たっぷり盗んでも充分に運べる。あと、K＝2に脅かされないように見張りも必要だと」

アイアンサイドは話を中断し、挑戦的な目でブルを見つめる。

「それがきみの教えか？」レジナルド・ブルは信じられない思いで質問した。

「そうです！」アイアンサイド神父は勝ち誇ったようにいった。「どこがいけないのでしょう。掠奪を例にしているから？　十戒のひとつに反しているから？　〝盗むなかれ〟よりも大切な掟があるのですよ。社会の最下層にいる人々の心を満たすために、正しい盗み方を教えなければならないとしたら、わたしはそれをやります。必要なら何度でも！」

アイアンサイドの話に熱がこもってきた。カップを手にとり、ひと口飲んで心をおちつけている。

「ご心配なく。盗みだけを教えているのではありませんから。あくまで、注意を喚起するためのトリックなのです。本当の狙いは、貧者たちとその同胞にある見解を持たせること。ほうっておけば決して持てない見解……いかに他人と協力するかという考え方です。他人に配慮すれば、それが最後には自分に返ってくることを教えます。決してひとりにはしない。なんであろうと、いっしょにやらせる。そして、おたがいにうまくやっていくようにしむける。危険なときでも助けてくれる者がいることを教えて、不安をコントロールさせる」

アイアンサイドはまた話を中断し、しばらく言葉を探していた。ふたたび、語りはじめる。

「わたしはかれらを、宗教共同体にしようと考えているのです。いや、〝宗教共同体めいた団体〟というべきか。われわれ、隣人愛を主義としてかかげていますが、それは平安の希求から生まれたわけではない。各自が孤立しているよりも共同体にしたほうがうまくいく、という知識によるものです。ま、すぐ実現できる個人の利益にもとづいた、一種のキリスト教精神ですね。ずいぶん貧弱な精神だとお思いでしょうが」

「それで満足なのか?」

レジナルド・ブルはこの質問を口に出したとたん、舌をかみ切りたい気分にかられた。

アイアンサイド神父はブルを鋭い目で見つめ、ゆっくりとかぶりを振る。

「いいえ、満足はしていません」怒りをおしころした声だ。「もっとやりたいことがあるのです。しかし、いまの状況でできるかどうか、自信がありません。わたしはこの世で二番めに強い力と戦っています。勝つか負けるかは全能の神の意志による。それがどういう意志かはわからない」

「この世で二番めに強い力、というのは?」

レジナルド・ブルはたいていのことには驚かない。しかし、神父の答えを聞いたときにはそうはいかなかった。

「人間の姿をした悪魔の力です!」

8

翌日、神父はOGNのメンバー全員に自分の計画を話した。

「わたしはアフィリー政府を転覆させるための組織をつくりました」と、口火を切る。

「あなたたちが昨日からここで目にしたものは、にわかには信じがたいでしょう。しかし、〝信仰の論理〟という組織の強みは、ここテラニア・シティや大都市のスラムにある施設だけではない。地球のあらゆる地方自治組織内に構築したネットワークのほうがはるかに重要です。われわれ、あなたたちよりもずっと楽に組織のメンバーを重要なポジションにつけられるのです。OGNは免疫保持者なのでかんたんに見破られてしまいますが、こちらのメンバーは敵と同じアフィリカーですから。

つまり、わずかな例外はあるにせよ、こちらはアフィリカーの計画やもくろみをほとんど把握しているということ。戦闘になった場合も、敵の反撃行動はすべて耳にはいってきます。われわれには武器と人材にくわえ、すばらしいネットワークがある。成功の見こみはあります……非人道的支配勢力に対して、リスクを恐れず広範囲に攻撃を仕かけ、その後始末をすることができるならば」

「目的は？　つまり、なんのためにわれわれが必要なのだ？」と、ブル。

「全地球に〝信仰の論理〟をひろめ、それにもとづいた生活形態をつくりあげるためです。それがなにを意味するか、おわかりでしょう。二百億人がより大きな平安への展望を持つことになる。悪魔の手から解放されるのですぞ。あなたにお願いしたいのは、そのあとです。わたしには惑星の管理・運営などなにもわからない。行動力のある政府が必要です。正式に任命された太陽系帝国の国家元帥がここにいるのだから、お願いするのは当然でしょう」

一瞬、沈黙が訪れたが、すぐにかすかな音で中断された。アイアンサイド神父がデスク上のスクリーン装置に歩みより、スイッチをいれたのだ。レジナルド・ブルからはスクリーンになにがうつっているのか見えない。神父がふたたび振り向いたとき、その顔にはいたずらっぽい笑みが浮かんでいた。

「おかしいと思いませんでしたか？」と、神父。「ポルタ・パト基地のあれほど正確な情報を、敵がどこから手にいれたか」

「たしかに」レジナルド・ブルは認めた。「これまで、それに関する説明はまだどこからもない」

「あなたがあちこちで発言したことからすると、そのようですね」アイアンサイドはうなずいた。「われわれのネットワークをちょっと使ってみました。トレヴォル・カサルはあなたの部下を捕らえ、そこから望む情報を得ていたようですな」

「ありえない！」ブルは叫んだ。「わたしがポルタ・パトに移住して以来、アフィリカーにつかまった部下はひとりもいない」

アイアンサイドは鼻で笑った。

「ただひとりいるんです。二週間前にアフィリカーにつかまった」

レジナルド・ブルは動揺し、考えこみ、まわりを見まわした。シルヴィア・デミスターと目があう。

「二週間前といえば……」シルヴィアは小声でいった。「パルクッタだわ」

「そのとおり。あれはアーチャーとジュピエのお手柄でした」と、アイアンサイド神父。

「パルクッタで失った部下はいない！」ブルは抗議した。

「セルジオ以外は」と、シルヴィア。「でも、かれは死にました」

「インペリウム＝アルファの外郭セクターに野戦病院があって、そこにトレヴォル・カサルの捕虜が収容されています。極度の疲労を回復させる治療をほどこされているようです。ポルタ・パトの内部構造についてカサルが聞き出したのは、この男から以外に考えられませんな」

「捕虜の名は？」と、シルヴィアはたずねた。その表情には希望と絶望とが入りまじっている。

「セルジオ・パーセラーです」アイアンサイド神父は答えた。

＊

ゴシュモス・キャッスルの捜索活動は成果が見られない。転送機の受け入れ部は発見された。機械類数トンも。しかし、免疫保持者組織のメンバーは影もかたちもなかった。プローンの転送機がある場所から周囲二百キロメートルにムシーラーの二氏族が暮らしている。捜索隊は住民たちをきびしく尋問した。嘘をついた疑いがあれば殺すと脅してまで。しかし、徒労におわった。ムシーラーは人間とそのすぐれた技術に対し、妄信めいた恐れをいだいている。〝狂人〟の行方を知らないというのは嘘ではないだろう。

転送機は非常に古い建物のなかにあった。かつて反乱を起こしたプローンの女王ゼウスの研究施設だったところだ。建物を徹底的に解体してみたが、免疫保持者が姿を消すのに使うような秘密の出口は見つからなかった。

もちろん、トレヴォル・カサルはこの結果に不満足だった。なにがまずかったのだろう。〝狂人〟が逃げたのはゴシュモス・キャッスルではないかもしれない。作動した転送システムは見せかけだったのかもしれない。カサルはインペリウム＝アルファの中央ポジトロニクスに質問してみた。これまでの捜索結果とボルタ・パト襲撃レポートの要約、みずからの考察をデータとして提出。ポジトロニクスは月のインポトロニクス《ネーサン》にとりつぐ。質問が複雑すぎたのだ。

《ネーサン》の回答は次のとおり。地球にのこった免疫保持者がポルタ・パトとともに滅亡したとは考えられない。そうなると、可能性はふたつ。第一。まだ発見されないがゴシュモス・キャッスルにひそんでいる。第二。べつのコースにより逃亡した。その場合は、気づかれないためにゴシュモス・キャッスルへの転送を作動させたのだろう。転送機のハイパー・エネルギーをかくれみのにして。

《ネーサン》からエネルギー・エコーの記録を再確認せよとの指示をうけ、トレヴォル・カサルはすぐにしたがった。その結果、一連のインパルスがはげしい妨害音で聞こえなくなっていたことが判明。しかし、統計的な枠内では正確な判断はできない。実際に妨害音だったのか、あるいは第二転送路の弱いエコーだったのか。

この結果をふたたび中央ポジトロニクスに照会。ポジトロニクスは奇妙な要求を出してきた。転送機でゴシュモス・キャッスルに運ばれた機械類を調べろというのだ。とくに注意すべきは機械本体と外被の隙間にあるスペースだという。人間数千人がはいれる場所があるかどうか……

ここからはポジトロニクスはもう必要なかった。実際、外被の下にはゆうに一万人はいれるスペースがある。OGNメンバーの三倍の人数だ。ついに居場所をつきとめた。

〝狂人〟どもはゴシュモス・キャッスルに逃げこんだのだ！　ひとりずつ転送したのではなく、全員がいちどに機械の外被の下にあるスペースに押しこめられたにちがいない。機械は転送機の作動中に強い妨害音を出していた。そのため、転送機のエネルギー・エコーを調べたさい、第二の転送路が作動しているように聞こえたのだ。

目的は明らかだ。転送機受け入れ部の付近には、色も種類も雑多な機械や装置のたぐいがおかれている。カムフラージュだ。例の妨害音はこちらの注意をそらすためにちがいない。政府の目を、ゴシュモス・キャッスルから第二の転送路に向けようとしたものだろう。

論理的だと認めざるをえなかった。〝狂人〟も今回は純粋理性を持つ人間のように行動したらしい。

トレヴォル・カサルはさらに二部隊をゴシュモス・キャッスルに投入し、徹底的に捜索するよう命じた。

＊

レジナルド・ブルは目の前の男を驚きの目で見つめていた。

「そういうやり方が通用するのか？」

アイアンサイド神父はうなずいてほほえみながら、

「状況をご存じないでしょうが、ムシーラーにとり、地球はとても魅力的な場所なのです。チャンスさえあればいつでも、おんぼろのグライダーでやってきますよ。ありがたいことに、地球とゴシュモス・キャッスル間にはまだ活発な輸送交通網がある。〝炎の飛行士〟の世界に貴重なミネラルがあるのでね。地球ではすでに数千年以上前になくなったものです。ムシーラーは臨時雇用者のあつかいですが、地球にこられるというだけで、ただで働きますよ。それができないとなれば、密航者として船内にもぐりこみます」

「いまテラニア・シティのコロニーには、ムシーラーが何体くらいいるのだろう？」

「正確な数字はありませんが、八千から一万。たえず命の危険にさらされて生活しています。アフィリカーはムシーラーを追いかける……煉獄で霊で追いたてる悪魔のように。ムシーラーはアフィリーのやり方にあわないのですよ。ときどき不合理な行動をするし、個人識別コード発信機による捜査のさい、とんでもないことをやる。体内に手術でとり出せないものをいれて、それをふたたびひきぬくのです。その傷が原因で死ぬムシーラーもいます」

ムシーラーの問題はレジナルド・ブルがアフィリー政府の代表だったころからすでにあったが、国家首席の耳にはとどいていなかった。しかし、下級役人はこの問題と格闘していたのである。

「ここには〝炎の飛行士〟をひきつけるものがあるにちがいない」と、ブル。「どうやって生活費をかせいでいるのだ？」

「ムシーラーは意欲的な労働者です。たしかに単純な仕事にしか就けませんが、昨今のロボット不足の折りから、有機的な労働力として起用されています。なによりも、共同作業ができますからね。一般的にいって、ムシーラー二体は一体の二倍の働きをします。もちろん、人間ふたりにひとつの仕事をさせたとしても、その成果は出ないでしょう。ゴシュモス・キャッスルよりすばらしい生活が送れるというもの。手先の器用な者は、わずかな稼ぎを盗みによりおぎなっています。〝炎の飛行士〟たちは腕のいい泥棒ですぞ。昼盲症だから夜に強い。暗闇で旋回し、獲物めざして急降下する」

「なるほど」レジナルド・ブルはうなった。そのまましばらく考えてから、「ムシーラーに技術操作を教えることができるだろうか？」

「単純な装置ならだいじょうぶでしょう」アイアンサイドはきっぱりと答えた。

「あとは……アフィリカーがトリックにひっかかると思うか？」

アイアンサイドは笑って、

「確実な情報源によると、トレヴォル・カサルが数時間前にゴシュモス・キャッスルの捜索を強化したそうです。免疫保持者がそこに逃げたと思いこんで命令を出しているということ。したがって、そのゴシュモス・キャッスルからやってきたムシーラーならなにか知っていると考え、興味をしめすでしょう。もちろん、このやり方で直接カサルに迫ることはできません。しかし、その必要もない。インペリウム＝アルファの外郭セクターで事情聴取が実施されるというだけで充分です」

アイアンサイドは自信のほどをうかがうように、レジナルド・ブルに目くばせした。

ブルはうなずいて答えをしめす。

「いつ開始する？」と、ブル。

アイアンサイドは時計を見た。

「警察がムシーラーの捜査を始めたという知らせが、まもなくとどけば」神父は答えた。

「われわれがK＝2と同時に到着したら、大成功というもの」

＊

スラムの西のはずれから数百メートル手前に廃墟があった。二十二世紀のかつての巨大ビル群である。スラムにあるほかの廃墟同様、一日じゅうしずかだった。外の主要交通幹線上を行き交う人々は、〝鳥の館〟と呼んでいる。夜になるとムシーラーがそこで暗躍しているらしい。

アイアンサイド神父はほかのだれよりもスラムの現状を知っていた。廃墟のなかに、ムシーラーの一団が住みついている。もとから狡猾な〝炎の飛行士〟はますます腕をあげていた。かくれ場の崩れ落ちた建物を夜明け前にはなれ、暗くなってからもどってくる。決して日中に姿を見られることはない。噂を聞いた政府役人が廃墟群を監視したとしても、確実な証拠はつかめないだろう。

旧暦標準年、三五八〇年十二月二十二日の未明。重装備の一団が地下の通廊を使って廃墟をめざした。先頭をいくのはアイアンサイド神父。数百年も前の修道会の服装をしている。その隣りにはレジナルド・ブルとレーヴェン・ストラウトがいた。あとはアイアンサイドの組織のメンバーだ。

地上への出口は廃墟の近くにあった。かすかな星明かりで、どっしりとした建物の廃墟が黒い影に見える。町じゅうがしずまりかえっていた。かつて煌々《こうこう》と照らされていた町の明かりは、エネルギー節約の理由からすべて消えている。わずかな蛍光表示すらない。テラニア・シティはまるで見捨てられた町のようだ。このような時間に出歩くアフィリカーはいない。

午前三時すこし前だった。組織のメンバーは散在する建物の残骸を掩体にして進んでいる。

「情報によると、この廃墟にムシーラー二十人ほどが住んでいます」アイアンサイド神父がいった。「警察官がやってきてもロボットがやってきても、連中には区別がつかないでしょうが」

「どういう意味だ？」と、ブル。

「ムシーラーが抵抗したことがありましてね。ショックをうけたアフィリカーは、恐怖におののいて逃げました。今回、相手はすくなくともK＝2百体の部隊を組んで進軍してくるはず。そこに正規の警察官が五十人ほどくわわるというわけです」

「なぜ警察官が必要なのだ？　K＝2だけで充分では？」

　星明かりのなか、アイアンサイド神父が皮肉な笑いを浮かべるのが見えた。

「トレヴォル・カサルの考えによると、ちょっとした不安で震えあがる部隊ではたいしたことはできない。そこで、かれがいうところの〝理性にもとづくきびしさ〟をもって部下を訓練するよう指示したのです。以来、ロボットだけでの出動はありません。しかしそれでも、アフィリカーの死に対する不安はぬぐえない。先遣隊はまずロボットを送り、危険がないとわかってから姿をあらわします。そのあと、出動メンバーが全員、メダルをうけとるのです」

「メダルだって？」ブルは驚いた。「アフィリカーがメダルをもらって、なにか感じるのだろうか？」

「いや。しかし、メダル保持者は自動的に昇給しますし、年金受給のさい有利にあつかわれます。それはアフィリカーにとっても価値があるわけで」

前方から報告がとどいた。

「輸送グライダーの一団が接近中！」

アイアンサイド神父は立ちあがり、掩体として使っていた廃墟の瓦礫の向こうを見た。

「明かりをつけないでやってくる」神父はいった。「はじまりますぞ！」

＊

輸送グライダーは廃墟の地の南、ほぼ二百メートルのところにとまった。K＝2ロボットがスラム内に散らばり、音もなく廃墟をとりかこむ。グライダーの近くには人間の武装隊員が待機していた。K＝2が危険をとりのぞいてから行動にうつろうと、待っているのだろう。アイアンサイド神父のいうとおりだった。ロボットの数に関してもほぼ正確だ。百体をわずかに超える数のK＝2が廃墟群をとり巻いている。

〝信仰の論理〟のメンバーが前進。一部はロボットと互角に戦う。のこりのメンバーはアイアンサイドとともに、グライダーのそばで待機中のアフィリカーを襲撃するつもりだ。ブルとストラウトもいる。

廃墟のかげで準備した。アイアンサイドはメンバーを扇型に配置して、グライダーが着陸した場所をとりかこむ。たがいの連絡は、手首につけているありふれた小型ラジオカムをもちいた。包囲が完了すると、アイアンサイドは立ちあがった。待機中のアフィリカーに向かい、昂然と頭をあげて歩みよる。叫び声が響いた。レジナルド・ブルは薄明かりのもと、恐れを知らない男に銃口が向けられているのを見た。アイアンサイドは警察官の前で立ちどまると、指揮官とおぼしき階級証をつけたアフィリカーを見つけていいはなった。

「ロボットを呼び集めて、五分でこの場から立ちさるのだ」早朝の冷気をつきぬけて、アイアンサイドの大きな声が遠くまで響く。

「頭がおかしいんじゃないか！」けたたましい声で指揮官が答えた。「そっちこそ、捕虜になったも同然なのだぞ」

「どちらの頭がおかしいか、すぐにわかる！」

神父は歩みよって指揮官の襟首をつかんだ。指揮官は声を出すまもなく、ごつい手で高くつりあげられ、左右に揺さぶられた。警察官がひとり、狙いを定めようとわきによる。ブラスターの銃口がアイアンサイドの背中に向けられた。

すると、廃墟の向こうから青白い姿が幽霊のようにあらわれた。歌うような高い声が聞こえる。アイアンサイドをねらっていた警察官は驚いて叫ぶと、うめきながら膝をついた。そこをショック・ブラスターの一斉射撃がつつむ。

すぐに〝幽霊〟は消えた。立ちすくんでいるアフィリカーたちに、〝信仰の論理〟のメンバーが掩体のうしろから襲いかかる。アイアンサイドは大混乱のなかに立ち、武器を持たずに頑丈な素手で戦った。脅したり、どなったりしている。その声の大きさはあたりの騒音をかき消すほど。

「神を恐れぬ者ども！　逃げるんじゃない、腰ぬけ！　部下がさっさと逃げだしたら、トレヴォル・カサルはどう思うかな？」パンチの音と鋭い叫び声がこだまする。「こっちにくるんだ！　そうしないとメダルをもらえないぞ！　わたしに勝てると思っているのか、坊や？」

容赦はしないが、一時的に戦闘不能にしただけで、殺すことはない。薄明のなか、不気味な戦いがつづく。〝信仰の論理〟のメンバーはパラライザーだけを使った。アフィリカーはブラスターで応戦を試みたが、不安のあまり的をはずすか、まったく撃てないでいる。

ロボットに助けをもとめる声が大きくなった。レジナルド・ブルが廃墟の向こうに目をやると、K＝2がこちらにやってくる。指揮官が呼んだのだ。いまはムシーラーよりも自分たちの身の安全が大切だから。

ロボットが近づいてくると、アイアンサイドの第二部隊は警戒した。掩体のかげから重ブラスターの連続射撃をくりだす。K＝2百体が火炎の壁の向こうに消えた。鈍い爆発音が絶え間なく聞こえる。

これでアフィリカーは戦闘意欲を失った。とり乱して甲高い叫びをあげ、グライダーに殺到。跳び乗ると、エンジンを始動させた。できるだけ早く安全な場所に移動しようと必死になっている。最初のグライダーがほとんど無人で飛びたつ一方、最後の一機は逃げようとするアフィリカーで満員だった。貨物室までひしめきあっている。大あわてで出発する機から転げ落ち、意識を失って瓦礫のなかに横たわったままの者もいる。

アイアンサイドは先を急いだ。先頭に立って瓦礫の上を大股で歩いていく。まだ燃えているロボットの残骸を大きくまわってよけた。第二部隊のメンバーは本来の持ち場にもどり、アフィリカーのあらたな襲撃にそなえてしっかりと見張った。二度ともどってこないと思われたが。

アイアンサイドはもっとも大きな廃墟の前で立ちどまった。レジナルド・ブルに数歩下がるように告げると、甲高い声を出す。ムシーラーの言葉だ。その周波は超音波の領域をふくむ。すぐに、背の高い姿が廃墟のかげからあらわれた。頭部は平べったく、口のまわりがつき出ている。三角の耳が頭からとびだし、その先には房となった毛が飾りのようについていた。背中は奇形のように見えるが、実はよく発達した筋肉で、これで飛翔膜を動かすのだ。膜自体はたいへん薄いが抵抗力があり、背中でたたまれて肩から足までとどいている。

ムシーラーは怪しげなテラ語でアイアンサイドに話しかけた。やがて〝炎の飛行士〟は、神父とともに廃墟のなかにはいっていく。

9

アイアンサイドは十分もたたないうちに、ふたたびあらわれた。数メートルうしろにムシーラーの一団をひき連れて。ブルが数えてみると十三体いた。「のこる八体はべつのところに逃げたいそうですが」

「われわれと行動をともにするそうです」神父は説明した。

それ以上なにもいわず、〝信仰の論理〟のメンバーとムシーラーは地下の通廊に向かった。入口はうまくカムフラージュされている。徹底的に捜索しないかぎり発見されないだろう。スラムはふたたび忘れられた場所となる……まだロボットの残骸がもうもうと煙をたてているし、意識を失って倒れているアフィリカーはあちこちにいるが。

ブルとアイアンサイドはその日、ムシーラーたちと話をしてすごした。ひとりがスポークスマン役をはたす。ずいぶん背の高い若い男で、鱗のある肌は濃いむらさき色だ。名前はヴィイオイ。そう呼んでくれというところを見ると、仲間と一線を画したいようだ。ほかのムシーラーは、テラの名を手にいれればテラナーと同化できると思っている。

夕方近く、ヴィイオイとその仲間たちが、アイアンサイドとブルの要望する作戦を実行することに合意した。合意はムシーラーのやり方で結ばれる。儀式として生肉を食べ、塩水を飲んだ。

ヴィイオイと仲間がテラナーの望みに理解をしめす気になったのは、感謝の念からだ。アイアンサイドはムシーラーに対し、〝仲間〟という言葉を好んで使う。かれらとテラナーを区別しないよう配慮したもの。その神父の助けがなければヴィイオイたちは、殺されるかアフィリーの地下牢に閉じこめられていただろう。ムシーラーの感謝は純粋なものだった。合意した作戦が危険なことは疑う余地がないが、それでも力を貸すつもりでいる。

＊

トレヴォル・カサルの耳に、ムシーラーの捜査が失敗したという情報はとどかなかった。独裁者はそうした些事にかかわらない。しかし、べつの情報がはいってきた。ゴシュモス・キャッスルから有機物をはこんできた輸送船が荷降ろしするさいには、船内すべてを殺菌することになっている。その過程で、貨物室に密航者を四人発見。イー・カイの一族である。金の刺繡をほどこした重そうなガウンがその証明だ。片言のテラ語は理解するのに骨が折れたが、どうやら重大情報を伝えるために地球にきたらしい。

ゴシュモス・キャッスルから正式ルートで航行しようとしたが拒否されたので、運だめしに密航してきたという。イー・カイはプローンの転送機がある地域に住んでいる二氏族のひとつである。

トレヴォル・カサルはこのムシーラー四人をまずは下調べすることにした。その段階でなにか重要な情報を持っていると判明した場合には、ヘイリン・クラットにひきわたす。ともあれ、密航者を友好的かつ丁重にあつかうよう命じた。ふつう、〝野蛮人〟に対してこうした処置はとらないのだが、もしかしたらOGNの居場所を知っているかもしれない。カサルにとり、それを聞きだすのが最優先事項であった。

ゴシュモス・キャッスルでは五部隊の人員を投じて捜索をつづけているが、いまだ成果はない。トレヴォル・カサルは密航者の証言に期待をかけていた。

＊

係官はコウモリ頭の異人四体を不愉快な顔で見つめた。豪華な刺繍のガウンをまとい、目の前に立っている。アフィリカーの係官にとり、このような華やかな飾りはまったく理解できない。できればガウンを脱がせたかった。しかし、それはムシーラーの習慣からすれば名誉を奪うことになる。至上命令にしたがえば、なんとしても避けなければならない。

最初に事情聴取する部屋はインペリウム＝アルファ司令部の外郭セクターにあった。なかにはいるとき、ムシーラーには気づかれないよう、念のためにエックス線検査をした。しかし、ガウンの刺繍の大部分が金属を使っていたので、結果は無意味だった。安全のためにK＝2二体をデスクの両わきに立たせて、係官は尋問をはじめた。

「きみたちはゴシュモス・キャッスルからきたのか？」

「そうだ」なかでもっとも体格のいいムシーラーが、鳥の鳴き声のような声で返事をした。

「イー・カイ一族の者か？」

「そうだ」

「密航者として地球にきたのか？」

「そうだ」

「なぜ？」

「われわれ、知っている！」ムシーラーが金切り声をあげた。「人間……異人……突然、そこに……また消えた」

「なぜ、着陸後すぐに宇宙船をはなれなかったのだ？」

ムシーラーはこの質問を理解するのにすこし時間がかかったが、やがて、率直に答えた。

「われわれ……不安」

係官はこれまでのところおだやかだったが、尋問の本題にはいる。

「きみたちが知っている人間とは、どのような姿だった？」

「人間……あなたと同じ」

「どこからきたのだ？」

「神殿から……」

次の質問をしようとすると、鋭い音が聞こえた。

「なんだ、あれは？」と、係官はうろたえる。

「あれは……合図」長身のムシーラーはしずかにいった。

その瞬間にガウンの前が開き、金の刺繡の下にかくしていた両手があらわれる。手にした中型ブラスター二挺を見て、係官は耳をつんざくような叫び声をあげた。

ブラスターが二度、うなりをあげる。K＝2一体がよろめき、音をたてて床にくずおれた。もう一体には命中して爆発。その威力で係官は椅子からほうり出され、壁に打ちつけられた。意識を失って横たわる。

ヴィオイらはすばやく床に伏せた。爆風が音をたてて頭上をとおりすぎ、通廊に通じる扉が接続部から吹きとんだ。

「外に出ろ！」ヴィオイがムシーラーの言葉でほかの三体に叫ぶ。

三体は浮かぶようにからだを起こすと、外に急いだ。通廊にはだれもいない。遠くで警報が鳴り響いている。ここからは自分の速さだけがたよりだ。連行されるさい、気づかれないようにあたりを注意深く見まわし、テラナーの説明どおりであることを確認しておいた。だから、どこの角を曲がるかわかっている。

ヴィイオイは先頭に立って、ひろく天井の高い通廊へ走りこんだ。ずっと奥に人間の一団が見える。ブラスターを撃った。命中しなかったが、当てるつもりもない。それでも一団は不安げな叫び声をあげて四散し、通廊に面した部屋に消えていった。

ヴィイオイは目印を見つけた。赤く光る十字架だ。通廊のまんなかに浮かんでいるように見える。その左に乳白色のグラシット製の幅のひろい出入り口がある。

「ここだ!」ヴィイオイはささやいた。

炎の飛行士たちは身につけていたガウンを脱いだ。その下から、ほとんど飾りのない服があらわれる。ガウンは金属を織りこんであるのでかたく、紙袋を逆さまにしたように床に立った。ムシーラーたちはそれをよせてまるくならべる。ヴィイオイは人間の技術をよく知らないが、手のこんだ金属刺繍に制御回路のパターンが織りこまれていることは知っていた。転送機の操作に必要なのだ。

「原動機を、早く!」と、ヴィイオイは命令。

ムシーラー四体はそれぞれちいさな部品をとりだして、つなぎあわせた。マイクロ・

ジェネレーター……ヴィイオイ呼ぶところの〝原動機〟ができあがる。これで小型転送機にエネルギーを供給できる。ヴィイオイみずからスイッチをいれた。アイアンサイド神父から腕につけるようにいわれたラジオカムで、約束の合図を送る。

ヴィイオイはあたりを見まわした。まだ通廊に人の姿はないが、遠くから行進の足音が聞こえてくる。K＝2の出動だ！

そのとき、四つのガウンのかたわらに純エネルギー性の、色とりどりに光る床があらわれた……

＊

ムシーラー四体の動きはスラムからも追跡できた。ヴィイオイがガウンにひそませていたちいさなコード発信機のシグナルを手がかりにして。はじめは四体がどこに連れていかれるのか、だれもわからなかった。外郭セクターはインペリウム＝アルファに隣接しているとはいえ、範囲がひろい。セルジオ・パーセラーがいる野戦病院はちいさな点にすぎない。ヴィイオイと仲間が病院の近くまでいったら、アイアンサイド神父が攻撃の合図をする手はずになっている。

コード発信機のシグナルは、幸運にも野戦病院の正面玄関からわずか十数メートルの地点でとまった。それ以上動かなかったので、ムシーラーたちの事情聴取がはじまったと判断。アイアンサイドは襲撃の合図を出し、ヴィイオイがラジオカムでそれを受信したというわけだ。

レジナルド・ブルは、転送機の設置場所に作戦部隊のメンバーとともに立っていた。レーヴェン・ストラウト、スリマン・クラノホ、オリヴェイロ・サンタレム、ランジート・シンもいる。そのほかは〝信仰の論理〟のメンバー十人だ。シルヴィア・デミスターは作戦への参加を認められなかった。

すぐにヴィイオイから合図が返ってくる。レジナルド・ブルは転送機から最初に出た。そこはひろく天井の高い通廊だった。目の前に赤い十字架の印がついた乳白色のグラシット製の扉がある。同じ十字架の印は通廊の上にも浮いていた。金属が編みこまれたガウンが四着。転送機のスイッチの役目となったものだ。ヴィイオイたちは二体ずつ通廊の両方向を見張っている。ブルはわきにより、あとから転送機から出てくる者のために場所をつくった。

作戦計画については充分に討議した。

「ストラウト、きみは通廊を守ってくれ！　ムシーラーたちが安全な場所に避難できるようにしてほしい。ランジート、きみはわたしといっしょにくるんだ！」

華奢なインド人は震えながらも運命にしたがった。グラシット製の扉がひとりでに開いた。あらわれた控え室を、レジナルド・ブルは大股でつっきっていく。そこは病棟だった。通廊の向こうにドアを開け放した病室がならんでいる。ブルは実験室のようなホールに跳びこんだ。

「そこに！」ランジートが叫び、手を大きく伸ばしてテーブルの向こうを指した。動くものがある。

ブルは二歩進み、実験テーブルの下にかくれようとしていたアフィリカーをつかまえた。

「セルジオ・パーセラーはどこだ？」と、どなりつける。

「だれだって？　わたしは知らない……」

「捕虜になっているだろう！」ブルはアフィリカーの襟首をつかんでつるしあげ、自分の目の前に持ってきた。「案内するんだ。さもないと、あんたの命が一文の価値もなくなるぞ！」

「わかった……わかった……」アフィリカーは泣き声をあげた。

男を先に行かせる。野戦病院はしずまりかえっていた。いくつか病室の前をとおりすぎる。不安げにベッドに身を横たえる患者が見えた。医療ロボットもふくめて、病院関係者は全員、逃げだしたのだろう。

アフィリカーは通廊の端にある部屋を指さした。レジナルド・ブルがはいっていくと、セルジオ・パーセラーがいた。ベッドの上でからだを起こしている。顔は青ざめ、目と頰は落ちくぼんでいた。

「まさか……！」ブルを見て、つぶやく。

「歩けるか？」と、ブル。

セルジオは答えるかわりに勢いよく立ちあがった。驚くほどやせて衰弱しているように見えるが、顔に突然負けん気な笑みが浮かんだ。薄い病院服を着用している。

「どこへ行くんですか、サー？」セルジオ・パーセラーは勢いよくたずねた。

レジナルド・ブルはセルジオ・パーセラーとランジート・シンを連れて撤退を開始した。これ以上ここにはいられない。戦闘がはじまっているようだ。野戦病院の前をはしる通廊に煙が充満している。ブルはぼんやりと光っている転送機のアーチのほうにふたりを押しやった。

「急げ！」

それがほかのメンバーへの合図にもなった。全員、応戦しながら転送機めざして退却。

Ｋ＝２ロボットは両サイドから攻撃を仕かけてくるが、作戦部隊の集中的なブラスター攻撃には歯がたたなかったようだ。ロボットの残骸が通廊をふさいで山になっている。

レジナルド・ブルは退却を援護した。急がなければならない。また、Ｋ＝２が両側からも襲ってくるにちがいない。病棟と実験室をぬけ、ブラスターを撃ちながら、転送機に向かって走る。どこからか甲高い声が響いた。あわてて振り向いたときには、Ｋ＝２

が煙のなかからあらわれ、武器アームをかまえていた。

ブルは本能的にわきに跳びのいた。通廊の天井近くでなにかが羽ばたく音がする。ロボットは思わずひるみ、銃口を上に向けた。飛翔膜がブルをかすめていく。ブラスターが不気味な音を響かせ、ロボットは音をたててくずおれた。

ブルのそばに突然、なにかがあらわれた。むらさき色の鱗におおわれた肌、大きく隆起した筋肉、鋭くとがった歯。その歯をむきだしにしてほほえんでいる。ヴィイオイだ。

「でぶとわたしは……友だ！」金切り声がした。

ふたりは肩をならべて七色に輝く転送機のアーチに向かう。ブルはすばやくカプセル爆弾をなげた。数秒で転送機を粉々にして、敵の追跡を不可能にするのだ。

次の瞬間、ブルとヴィイオイは安全なスラムの地下で実体化した。

＊

やがて、静寂がもどってきた。

シルヴィア・デミスターは、死んだと思っていた恋人をひたすら抱きしめる。その姿は見る者の心を打った。セルジオはまだ治療を必要としているが、もちろんシルヴィアが看病するだろう。アフィリーからうけた拷問の後遺症は跡形もなく消えるはずと〝信仰の論理〟の医師はいう。しかし、時間がかかることはたしかだ。

セルジオ・パーセラーをインペリウム＝アルファから救いだした勇敢な作戦部隊は、アフィリー政府の追跡をうけずにすんだ。アイアンサイド神父がレジナルド・ブルのトリックをもう一度使ったからだ。首都の北にあるグルバン・ボグド山脈に強力な転送機を配置し、部隊のメンバーがインペリウム＝アルファの司令部に潜入すると同時に作動。そのあと、ブルたちが撤退するときにもう一度作動させる。遠隔操作による転送機のエネルギー・エコーがスラムのものよりも強かったため、敵をあざむくことができた。

そのあと数日間、グルバン・ボグドにはアフィリーの捜査隊がうようよしていた。しかし、年末が近づくにつれ、ふたたびしずかになった。アフィリー政府は野戦病院奇襲の犯人をつかまえることを断念したらしい。

＊

インペリウム＝アルファでは年の終わりを祝わない。アフィリーは新しい暦を使っているからだ。したがって三五八〇年十二月三十一日は、ありふれたふつうの日である。

トレヴォル・カサルは計画の大部分が失敗したことに気づいた。ゴシュモス・キャッスルでの捜索活動は中止した。ＯＧＮの所在はいまもってわからないが、捕虜の解放で終わった野戦病院襲撃はおそらく〝狂人〟のしわざだろう。しかし、その説明は理性的に納得のいくものではない。ポルタ・パトから退却した直後のＯＧＮが、これほどの戦力を動員できるとは思えないからだ。

疑問を文章化し、中央ポジトロニクスに問いあわせてみた。ポジトロニクスは《ネーサン》の協力を得て、未知の反政府組織が存在するという結論を出してきた。かなりの力を持ち、OGNの残留メンバーと協力態勢にあるらしい。

トレヴォル・カサルはこの組織の調査を部下に命じた。脅威となる基地からOGNを追いはらったのだから、ある意味では一件落着だといえる。しかし、現実にはレジナルド・ブルの細胞活性装置をまだ手にいれていないのだ。そこからまた出発しなくてはならない。

次の課題ははっきりしていた。メダイロンとゴシュモス・キャッスル、そしてテラとルナは、速度を増しながらあの不安定な五次元宇宙構造……〝喉〟に近づいている。〝喉〟はハイパー空間における開口部のひとつであり、そのエネルギー構造はたえず変化する。巻きこまれたなら、転落をまぬがれない。テラとともに人類も、純粋理性の教えも絶滅するのだ。

トレヴォル・カサルがこうした思考過程をたどれたら、人類とテラを〝喉〟への転落から守ることは、おのれの〝神聖な〟使命だと思えただろう。

＊

アイアンサイド神父はこのところ、自分の住まいに引きこもっていた。ヴィイオイをはじめとするムシーラー十三体について集中的に考えていたのだ。全員、神父の組織にとどまる決心をしている。アイアンサイドはレジナルド・ブルに考えを内密に打ち明けた。

「ムシーラーというのはまったく異質な生命体ですが、それでもアフィリカーよりはわれわれに近いでしょう。心臓はちゃんと動いているし、なにかを感じることができる。知性もある。だが、充分に訓練されていないのです。情動で生きていますから」

「なるほど」レジナルド・ブルはそっけなく返した。アイアンサイド神父の狙いはわかっている。

「ムシーラーたちを無知のまま放置すべきではありません」神父は夢中になって先をつづけたあと、突然立ちあがった。その目はよろこびで輝いている。「わたしには使命がある！　かれらに話しましょう……水を葡萄酒に変え、盲人の目を見えるようにし、死人を生きかえらせた方のことを」

アイアンサイドは満面に笑みを浮かべてレジナルド・ブルを見つめた。

「そうしますよ、かならず！　ムシーラーは頑迷な心の持ち主ではありません。わたしの話にきっと感銘をうけるはず。悪魔から迷える十三の魂を奪いかえすのです……トレヴォル・カサルを手先に使った悪魔から！」

星間復讐者

クラーク・ダールトン

登場人物

アトラン……………………新アインシュタイン帝国の大行政官
センコ・アフラト…………ＳＺ＝２艦長
ラス・ツバイ………………テレポーター
プロコシュ…………………ＳＺ＝２乗員。次元物理学者
ドン・パロス………………同光線学者
ホトレノル＝タアク………ヘトソンの告知者。ラール人
マイルパンサー……………銀河系第一ヘトラン
グリタ・ヴェルメーレン……テラナー植民地の支配者
ペルトン・ヴァスコス………同リーダー
メラクソン…………………植民者。首席航法士
ティリメル…………………植民者

プロローグ――フラッシュバック

当時、惑星オブスコン出身の若い超重族はまだ銀河系第一ヘトランではなかった。しかし、名誉欲の塊りであるオブスコナーは、心の底で意識している……いずれおのれが最高位に任命されることを。任命者はラール人、ホトレノル＝タアク。〝ヘトソンの告知者〟として絶大な力を持ち、公会議の委託でテラナーの故郷銀河を支配している。この男の信頼を得るには、さらなる勇気と忠誠をしめさなければならない。

三十八歳のマイルパンサーは、超重族としてはかなり若い。故郷惑星ではその賢明さと計算された謙虚さできわだっていた。同種族の仲間と違い、粗野で残忍な印象はない。身長は一メートル八十二センチメートルで、肩幅も同じだけある。がっしりした脚は高重力の環境でも楽に全身を支える。

人類は銀河系にとどまり、アトランのもと、不自由な生活をしいられていた。ラール人はその人類に対して徹底的な服従を要求している。オブスコナーはホトレノル＝タアクの優位を認めるしかなかった。持ち前のぬけめなさから、従属しているのだ。

マイルパンサーはその日、ホトレノル＝タアクに呼びつけられた。くわしい理由は聞かされていない。

ラール人の目的はなにか？　幅がせまくてきつい成型シートに身をもたせかけ、超重族は考えをめぐらす。宇宙空間に浮かぶこのSVE艦内に、搭載艇で連れてこられた。もよりの恒星系からは数光時はなれているにちがいない。ホトレノル＝タアクは生来、慎重で疑い深い性格だから。

かなり待たされたあと、ようやくラール人があらわれる。マイルパンサーは立ちあがって迎え、相手がすわるまでそのままでいた。

「かけてくれないか、マイルパンサー」ヘトソンの告知者はていねいにいった。「話がしたい。なにかいい考えがあるかと思ったのだ。貴官は遠征が多いから、いろいろと見聞きしているだろう。テラナーについても、たんにくわしいだけではない。なんでも、先祖がテラナーだとか。わずかでもそのメンタリティをうけついでいれば、わたしが知りたいこともわかると思う」

「どうぞ、ホトレノル＝タアク。なんでも聞いてください。テラナーがこの銀河系を支配していた時代は終わりました。われわれ、公会議により解放されたことを決して忘れません。なにか憂慮なさることでも?」

ホトレノル＝タアクはマイルパンサーを探るように見つめた。

「憂慮してはいないが、まだ予測不能な部分があるのだ。テラナーの大半はたしかに流《る》浪《ろう》の惑星にいる。しかし、いまも自由の身でいる者が多いし、あのアトランは行方不明のローダンにひけをとらないほど危険な人物だ。驚くことをしでかすかもしれない」

マイルパンサーは黙っていた。ラール人はこの沈黙を完全な同意とうけとったらしく、そのまま話をつづけ、すぐに問題の核心にはいった。前おきなしで質問してくる。

「テラナーや銀河系の他種族が〝太陽の使者〟と呼んでいる、ヴラトについてどう思うかね?」

一瞬、驚きをかくせなかった。もちろん、新しい宗教ともいうべき神話が生まれたことは聞いている。しかし、詳細は知らないも同然だ。

「よくわからないのですが……」はっきりした答えを慎重に避けた。「弾圧を感じている種族が希望をもとめたり、なぐさめを見いだしたりするのは、まったく自然な現象です。救世主がどこからか突然あらわれて自分たちを解放するという話を、くりかえしつくりあげるのです。ヴラトもそのひとつでしょう」

「確信を持っていえるのか?」ホトレノル＝タアクはたしかめた。「ただの幻影だと?」

「そのとおりです。ほかにどう考えられますか？　ヴラトを実際に見た者も、その存在を証明できる者もいません。論理的思考をする知性の持ち主でさえ、絶望的な状況ではかすかな望みにすがりつきたがるもの。その望みに具体的なかたちをあたえようと、どこかの狂信者がヴラトという存在をつくりあげたのです。筋が通っていると思いますが……」

「つまり、貴官はヴラトなどいないというのだな？」

「そのとおりです！」

ヘトソンの告知者はむずかしい顔をして黙りこんだ。マイルパンサーも同様に口を閉じ、相手を注意深く見つめる。ラール人たちは、いつからこのおとぎ話にかかわっているのだろう？　ただの噂であり、実体のない幻影なのに……。自分の知らないなにかが起こっていたのだろうか？

「火のないところに煙はたたない」ホトレノル＝タアクはやっと口を開き、こちらを見ている。「もっとくわしいことを知る必要がある！」

「証拠はなにもありません。あるのは噂と希望、そして……つくり話でしょう。ヴラトはでっちあげです。テラナーを活気づけ、堅固な意志をかきたてて、いつの日か戦いを開始するために……」

「公会議に対してか？　いや、それは考えられない。かれらになにができる？　われわれが掌握しているのは一銀河系だけではないのだぞ。ローダンでさえ、公会議には対抗できない。まだ生きていればの話だが……そもそも、なぜローダンはテラナーを見捨て、惑星とともに逃げだしたのか？　われわれを恐れたからだ！　対抗するには弱すぎたのだ。アトランは利口だから、それがわかっている。あちこちで問題を起こしてはいるが、決しておおっぴらに攻撃してこないではないか。そこはぬけめないのだ」

「利口な者も間違いを犯します」マイルパンサーは念を押すように、「アトランは決してあきらめません！」

「話が本題からはずれたな」と、ラール人。「ヴラトに関するすべてを知りたい。できるだけ早く。あちこちでひろまっている噂を集めて、まとめてほしい。根拠があるかどうか判断したいのだ。かんたんではないことはわかるが、われわれにとり、重要な問題だ。ヴラトを探せ！　それが貴官の任務である！」

マイルパンサーはなにもいわず、考えこんだ。自分にはもっとさし迫った問題がある。だが、それを話題にするにはヴラトと関連づけなければならない。リスクを承知で、前おきなしにたずねてみた。

「ヴラトはペリー・ローダンではないのですか？」

ホトレノル＝タアクが不審の目を向けた。その表情に驚愕のようなものがはしる。しかし、なにもなかったようにほほえむと、

「それは短絡的な考えというもの」自分にいいきかせるような口調だ。「ローダンは百年あまりも行方不明のままだ。なぜ、突然帰ってくる？　もし帰ってきたとしても、テラナーが〝太陽の使者〟と呼ぶヴラトとはなんの関係もない」

「なんの関係もないかもしれませんが、すべてに関係している可能性もあります」と、はっきりいった。「いずれにせよ、対策を講じたほうがいいでしょう。考えてもみてください。ローダンがいつの日かこの銀河にもどってくれば、公会議に反対するテラの同盟国はすべて立ちあがります。カタストロフィが起きますよ」

「われわれのほうが優勢だ！」ラール人は自分を納得させようとしている。

「それだけではだめです。銀河系の住民が絶滅したら、公会議にとってなんの得にもなりません。もっとうまい解決方法があるはず」

〝どのような？〟という質問を期待していた。そうきかれたなら、おのれの聡明さを発揮して認められるチャンスだ。ラール人の関心をヴラトからそらすこともできる。

「どのような？」思ったとおり、ホトレノル＝タアクはたずねてきた。

「あのときなにが起こったか、だれもが知っています。信頼できる報告がありますから。テラは銀河系から消えました。これはおそらく、予想外の転送ミスによるものでしょう。もし、計画的だったのだとしたら、ローダンの偵察要員やスパイがどこかに出現していたはず。まったくあらわれないのは、ローダン自身も自分がいまどこにいるかわからないという証拠です。決して人類を見捨てたのではありません。そのあと銀河でなにが起こったか、ひそかに気にかけているにちがいない」

「人類を見捨てた可能性もある」と、ラール人。

「それならわかるはずです！　帰り道が見つからないのです。テラが再物質化したのはずいぶん遠いところだったにちがいありません。帰還には巨大な超長距離宇宙船が必要でしょう。たとえ、ひとりで帰ってくるとしても……」

「ま、いい。貴官が正しいとしよう。これから先はどうなる？」

「考えればわかります。くりかえしますが、これほど長い時間ローダンがあらわれないのは、超長距離宇宙船を必要とするたいへん遠いポジションにいるからです。そうなると、燃料の補給がむずかしい。わたしの知るかぎりでは、全銀河系で三カ所のみでしかできません」

「貯蔵惑星のことか？」

マイルパンサーは驚いた。

「知っているのですか？」と、思わずきき返す。「そのとおりです。こうした燃料補給の複雑なプロセスを可能にする施設が、貯蔵惑星にあるのです。くわしくご存じかどうかわかりませんが……」

「わたしは専門家ではない。正しい判断に必要なことがわかればいいのだ。貴官の説明は筋道が通っている」

　これでチャンスをつかんだ。

「もちろん、わたしもテラの宇宙船の超長距離エンジンに関して専門家ではありませんが、わかるかぎりでご説明しましょう。三貯蔵惑星の地下施設に、圧縮された正物質プロトンからなる燃料が保管されています。白色矮星なみの質量のプロトンが、力場フィールドの作用により鋼球内におさまっています。この鋼球は相対的にちいさなものですが、プロトンが高圧縮されているため、二十万トンという膨大な重量になるのです。施設内ではもちろん反重力フィールドが重さを相殺《そうさい》していますが、質量そのものは変化しません。この燃料球をぶじに積みこむことが、どれほどの困難をともなうか……想像できるでしょう」

「つまり、それが可能なのは三貯蔵惑星だけなのだな」ホトレノル＝タアクはくりかえした。「知っている。そこには燃料球を貯蔵しておける施設があるのだ。地下深部の安全なブンカー内に直径十二メートルの鋼球がおかれている。なかにあるのは、エネルギー・フィールドに保持された〝人工太陽〟だ。ここにエネルギーが供給されなくなると、大惨事が起きる。圧縮されたプロトン燃料があらゆる方向へ放出されるからだ」

　うなずいて賞讃をあらわしておく。

「よくご存じですね、ホトレノル＝タアク。それ以上つけくわえることはありません。

とにかく、ローダンのシュプールを探しましょう。いつかは姿をあらわすはずです……三貯蔵惑星のいずれかに！」

「問題は、どうやって罠をしかけるかだ」

「罠？」マイルパンサーは思わずきき返した。イニシアティブが向こうの手にわたったのを感じる。「ローダンはいますぐ貯蔵惑星に向かうほどおろかではないと思いますが……もしそうするとすれば、理由は？」

「航行をつづけるためにきまっている！　もし、わたしがローダンの立場なら、きっと同じことをする。自分がどこにいるかわからないのなら、すぐにはアトランと連絡がとれない。アトランを探すには、ここまでくる宇宙船が必要だ。そうなると、燃料はかなり消耗するだろう」

ホトレノル＝タアクはこちらの推測を真にうけたようだ。

「三惑星を見張る必要がありそうですね」超重族は説明をくわえ、「テラナーの商業惑星オリンプ、ヴェガ星系の惑星、ケンカント星系の惑星ソルモラ、この三つです。お申しつけください、ホトレノル＝タアク。わたしはなにをすれば……」

「貯蔵惑星に関してはこちらでひきうける」ホトレノル＝タアクは急いで相手の言葉をさえぎった。「貴官はヴラトの存在について調べるのだ。それが本当にローダンと関係あるのなら、ふたつを結びつけて考えることも可能だろう」

「わかりました」指示にしたがうしかない。

若い超重族はラール人を見つめた。ホトレノル＝タアクが突然顔をあげ、ふたりの目があう。しばらくして、ヘトソンの告知者は満足げな顔になった。

「名案を思いついたぞ。問題の二惑星に細工するのだ。宇宙船が着陸できないように」

「なぜ、二惑星なのですか？」

「可能な道をひとつ開放しておくため。それが罠だ！」

オブスコナーは理解した。ほんとうにうまくできた計画だ。あらゆる手をつくして関与しなければ。

ヴラトの謎を解明するだけでは、おのれの真価を証明するテストとしては不充分なのだから……

迎えの搭載艇で帰還する途中、マイルパンサーはそう考えた。

1

宇宙船二隻はリニア空間を出て、アインシュタイン空間にもどった。これからは光速で先に進む。エンジンを休ませなければ。星々が密集している銀河の中心近くに復帰したが、次の星系まで三光月ある。

二隻とも直径五百メートルの球型宇宙船で、新しい故郷を探すテラナー四千人を乗せている。その大半は宇宙船上や懲罰惑星レティクロンで生まれ、地球を見たことがない。アトランや新人類についても知らなかった。

メンバー四千人のリーダーはふたりいるが、対立もなくうまくやっている。

グリタ・ヴェルメーレンは地球生まれで、百六十五歳。がっしりした体格の健康そうな女性だ。太陽系帝国の突然の最期を体験したときは、父といっしょだった。父は貨物船の船長で、よく遠距離航行に同行させてくれたもの。あのときは太陽系にもどってくる途中、ハイパー通信で仰天すべきニュースを聞いたのだ。地球が人類の大半もろとも消えたという……

父はショックから立ちなおれなかった。乗船したまま、星々が密集していない銀河系のポジションに撤退し、部下とともにその先の展開を待った。しだいにラール人の地位がかたまっていく。反抗的な知識階級の人間は懲罰惑星に送られ、人類の奴隷化が実施された。

父が死んだあと、グリタはひとりになった。乗員ともども貨物船をうけつぐ。みなグリタに忠誠を誓った。無人の惑星はいくらでもあるから、逃げ場には困らない。銀河中心からすこしはなれたところに惑星を見つけ、〝新テラ〟と名づけた。

だが、生活可能な植民地を建設するのに、部下三十名だけでは明らかに不足だ。グリタはすぐに人員補給を決意した。部下を惑星にのこし、数名による緊急部隊を結成。懲罰惑星に出発し、男女あわせて捕虜四千人を解放した。そのさい、逃亡に使う宇宙船二隻を掠奪。監視者たちはほとんど見て見ぬふりをしていた。ラール人が捕虜の監視に、隷属する補助種族をあてていたから。

襲撃が明るみに出るより早く、宇宙船二隻はかなたに消えた。だれもあとを追えないよう、グリタは支離滅裂なコースをプログラミングした。新テラは目の前だ。あと一リニア航程で目的ポジションに到達する。

もうひとりのリーダー、ペルトン・ヴァスコスは六十歳になったばかりである。グリタが襲撃した懲罰惑星で生まれ、かつては捕虜だった。だが、子供のころから逃亡をかたく決意していたのだ。十年前、地下の格納庫にかくされていた宇宙船二隻を発見して整備していた。当時はグリタ・ヴェルメーレンの名前も知らなかったが、同じような計画を胸にいだいたわけである。仲間の捕虜数千人とともに勇気をもって逃亡し、自由な惑星で新しい生活をはじめたいと考えて。

ヴァスコスは小柄で、たよりなさそうに見える。はじめて見たときグリタはがっかりした。だが、ヴァスコスが宇宙船二隻について語りはじめると、思わず聞き耳をたてた。まさに自分が探しもとめていたものだ。捕虜の監視にあたっているラール人の補助種族でさえ、宇宙船の存在を知らないらしい。

〝地球の母〟と部下から呼ばれているグリタ・ヴェルメーレンは、すぐに決断。小型貨物船の着陸など問題にはならず、警護兵とのあいだにトラブルはない。一定間隔をおいて巡回するラール人のパトロールも、しばらくはやってこない。

四千人が集まった。安全だが不自由な捕虜暮らしより、危険をともなっても自由を望む人々だ。全員、巨大な格納庫に集合したあと、宇宙船に乗りこむ。操縦するのはグリタの部下数名。射出シャフトが開き、宇宙船二隻は懲罰惑星の上空に消えさった。グリタの貨物船だけがのこされる。

パトロール艦が一隻だけ追跡してきたが、すぐに振りきった。

すべては数週間前の出来ごとである。

グリタは睡眠をとって休憩したあと、第一の船の操縦室に向かった。首席航法士のメラクソンがいる。かつて少尉だった男もすでに九十歳だ。メラクソンにたずねた。

「ヴァスコスはどこにいるの？」

「自室だと思いますが。なにか？」

「あと一リニア航程で新テラに到着するわ。ヴァスコスにも立ちあってほしいの」

「すぐにきますよ」メラクソンは白いものがまじる黒い髭をもぞもぞと動かした。「起こすと悪態をつくもんで！」

グリタは笑いながら腰かけた。質量走査機と探知機のまわりをふくめ、ここにいる男たちのだれよりも自分は年上だ。ヴァスコスと立場は同等だが、どちらが発言権を持つかは疑う余地がない。

ヴァスコスはしばらくして操縦室にあらわれた。寝すごしたらしい。向かいの椅子にすわると、

「もう到着ですか？」

「わたしが起こさなければ、寝坊して到着の瞬間を見逃すところだったのよ」と、グリタは非難がましい口調でいう。「着陸の前に、新しい故郷を見ておきたいだろうと思って。美しい眺めよ。かつての地球のような……」

ヴァスコスはうっとうしげにグリタを横目で見た。

「センチメンタルなんですね、グリタ。なくなった世界に、思いが何度ももどっていく。地球のどこがそれほど美しかったんですか?」

グリタはため息をついた。

「あなたにはわからないでしょう……見たことのない人には。地球はすべての人間の故郷よ、ペルトン! しかし、われわれ、地球に似た惑星を見つけたわ。いまは四千人だけれど、世代が変われば二倍に増えるかもしれない。新しいテラがきっと気にいると思うわよ」

「大切なのは、自由であることだけ」ヴァスコスはぶつぶついいながら、スクリーンに目を向けた。「ずいぶんたくさん星がありますね」

「中心部は数がとくに多いの。だから見つかりにくいというわけ。われわれ、公会議の命令に反して行動しているのだから。アトランも独断的なやり方に賛成はしないでしょう。ときどき、思うことがあるわ……アルコン人は自分のじゃまをされないよう、ラール人と適当に折りあいをつけているんじゃないかと。本心をいえば、わたしは気にいらない。ラール人と同盟を結ぶなんて、だまされているも同然だから」

「おっしゃるとおりです」ヴァスコスは同意をしめした。「わたしも休戦協定を評価しない。ところで、わたしはそのアトランも噂でしか知りません。アトランがローダンのようなテラナーならば、われわれを解放しようとしたでしょうが……ローダンでさえ、ただの伝説に思えて」

グリタは怒ったような視線をヴァスコスに向けた。

「ばかなことをいわないで、ペルトン！　わたしはローダンが太陽系帝国の大執政官だったころを知っている。よくビデオ・スクリーンで見たものよ。ローダンはきっといつの日かもどってくるわ！」

ヴァスコスは軽蔑したようにため息をついた。

「ローダンは姿を消したんだ。あなたの大切な地球を持っていってしまったんですよ。いま安全なところにいるなら、気でも狂わないかぎりもどってくるわけがない。われわれ、自分たちの力を信頼して、あらたな故郷をつくるべきです。宇宙船二隻はカムフラージュしなければ。大きな地下格納庫をつくる技術はないから、山脈でも見つかれば、そこにまるく美しい山頂をふたつつくりましょうか」

「宇宙船は二隻とも充分な武器を装備しています」と、メラクソン。「万一、ラール人に発見されても、防衛要塞として使えますよ」

「それはあとで考えましょう」グリタはメイン・パネルの計測装置を点検した。「五分以内に最後のリニア航程にはいるわ。半時間後には、新テラをこの目で見ることができるのよ。青緑色の球体は、まるで宇宙の黒いビロードのクッションにのった王冠みたいでしょうね。星々は銀のしずくのようで……」

「夢みたいなことを！」ヴァスコスはきつい調子でいった。「ほかと同じただの惑星です。それほど大騒ぎするとは」

グリタはほほえんだ。

「すぐにわかるわ、あなたも」

＊

そして、半時間後、新テラが肉眼で見えた。

極部分の存在は季節があることをしめしている。雲海が見えるから湿度は充分だろう。海も、グリーンの植物でおおわれた大陸もあるようだ。巨大な平原に木々が繁茂し、褐色の山肌がところどころ見える。黄色い恒星を周回する唯一の惑星だ。ちいさな衛星をひとつ持っている。

ヴァスコスは納得したようにうなずいた。

「あなたのいったとおりだ、グリタ。これは期待が持てそうですね。いずれにせよ、懲罰惑星よりずっといい。しかし、考えてみると奇妙だ……」

「なにが？」グリタはスクリーンから目をはなさずにたずねた。

「この偶然がですよ！　わたしの存在自体が奇妙だ。ふたりの捕虜がひまつぶしをしたその結果がわたしだ。ほかのだれかだったかもしれないのに……」

グリタはヴァスコスを怪訝《けげん》な目で見ると、笑いをかみ殺した。

「きみは哲学者になればよかった」メラクソンはにやにやしている。船はプログラミングにしたがい、自動着陸体勢にはいった。「それとも統計学者かな」

小屋が四軒見えてきた。植民地建設の目印となる場所だ。すぐそばに、海に流れこむ大きな川がある。山からの水が五百キロメートル流れて肥沃な土地をうるおし、海に注いでいるのだ。ひろい平原では草食動物の群れが草を食《は》んでいる。食料の心配はなさそうだ。開拓者たちはこれから、この未知の土地の奥深くまではいりこみ、家を建て、いままでまったく経験できなかった自由な生活を送る。植民地の中心部は小屋四軒が建つ丘の上になるだろう。

宇宙船二隻は小屋から四キロメートルほどはなれた海岸の近くに着陸した。懲罰惑星でひそかに貨物室に運びこんだものをすべて降ろす。農業機械、作業ロボット、グライダー、車輛のほか、植物の種もあった。

グリタはヴァスコスとならんで、小屋から出てきた十数名の部下のほうに向かって歩きだした。ひとりがこちらに向かって叫び、両手を大きく振る。

「成功したようですね！　宇宙船が二隻も！　どうやって手にいれたか聞きたいものだ」捕虜たちのほうに目をやると、顔がよろこびで輝きはじめた。「女もいる！」

グリタは真顔になり、警告した。

「たいていは連れあいがいるわ。ぶしつけな態度をとってはだめよ、面倒なことになるから。ここにいるペルトン・ヴァスコスによれば、なかには独身女性もいるらしいけれど……ま、そのうちわかるでしょう。そういえば、家族連れのなかにかわいい女の子が数人いたわ」そういうと、かぶりを振って、「それにしても、あんたたち男はほかのことはなにも考えられないようね！」

貨物船乗員のかつてのリーダーが、あきれたように手を振る。

「しかし、地球の母、男がそれを考えなかったら人類はとっくに滅びていますよ！」

グリタの顔にほほえみが浮かんだ。ペルトンに目で合図すると、

「さ、なまけてないで仕事にかかるわよ！　人々を手伝って丘の上に荷物を運んでちょうだい。万一、洪水があってもあそこなら安全だわ。それが終わったら、宇宙船を山のなかに移動しましょう」

こうした作業と住まいの建設で、最初の数日はあっというまにすぎた。さいわい、新テラは温暖な気候なので、野宿をしても問題ない。宇宙船は遠くはなれた盆地の近くにかくしておいた。上空からは質量走査機を使わなければ発見できないだろう。

グリタの部下と植民者たちは、とくに問題もなくなじんでいった。メラクソンも、ある家族と親交を深めている。そこの家には娘がいるのだ。

半年がすぎた。懲罰惑星から加工ずみの建設資材を持ってきていたので、それを使っ

て木造の小屋と建物をつくった。集落ができ、やがてちいさな町になる。地球の母は植民地の絶対的支配者となり、慎重かつ公正に権力を行使した。秩序を重んじ、結婚式を毎日のように挙行する。

ペルトン・ヴァスコスは正式に町の首長に選出された。グリタのやり方を杓子定規だと思うこともあったが、命令にはしたがう。刑務所は念のために建てたものの、逮捕者は出なかった。

住民は狩猟グループをつくり、しばしば遠出して広範囲に調べたが、危険な動物は新テラにいないようだった。畑では最初にまいた種が芽を出した。食料は町の冷凍倉庫に貯蔵され、必要なエネルギーのすべては地下の発電施設が供給した。コンパクトなデザインなので場所はとらない。

メラクソンは親しくなった娘と結婚し、自分の家族をつくった。農民となり、割りあてられた耕地の収穫に責任を持つことになった。

集落からすこしはなれたところに高性能の通信ステーションが建てられた。ハイパーカム受信に重点をおいている。つねに最新情報を入手する必要があるから。受信可能状態を常時たもつため、ステーションは昼夜を問わず操業。ペルトン・ヴァスコスも週に一度、当直をひきうけ、詳細な報告をうける。

トランスレーターを使えばどの種族の交信内容も理解できるが、暗号化された通信には手こずった。しかし、経験豊かな専門家はここにもいる。捕虜たちは懲罰惑星で遊んでいたわけではない。太陽系艦隊に勤務していた年寄りから教わったのだ。

ステーションの受信エリアはかぎられているが、周囲二、三百光年の情報が手にはいればいい。ラール人や超重族のパトロールにそなえられれば充分だ。

重インパルス砲を宇宙船から撤去し、植民地の近くに運んできた。作業ロボットが数週間かかって地下に防衛要塞を整備。これでいつでも迎撃可能だ。残土はなだらかに盛りあげて丘のようにした。頂上には巧みにカムフラージュした自動発射指令装置がある。ひとりですべてのインパルス砲を調整・操作できる。

役場では毎週、住民代表による会議が開催された。グリタは注意深く耳をかたむけた。ハイパーカムの録音を分析していたペルトン・ヴァスコスが報告する。

「アトランの宇宙船と七回にわたって交信した結果、新組織の結成が判明しました。ラール人の意に反するのは明らかです。組織の名はGAVÖK……〝銀河系諸種族の尊厳連合〟という意味だそうで。テラナーだけではなく、ブルー族、アルコン人、アコン人、スプリンガー、そのほかの種族も参加しています。結成はなかなか大変で、とくにハルト人には手をやいたとか。公会議の要請で出動した超重族とも争ったようです。ラール人はあらゆる手段を使って組織の設立を阻止しようとしたもの。わかっているのはこれだけですが、充分でしょう。重要なのは、なにかが起きたということ」

グリタはうなずいた。

「なにかが起きたのはたしかね。公会議のパトロールが強化されるかもしれない。そうなると、発見される危険も増す。いつきてもおかしくないわ。銀河系にはテラナーが逃げこむ惑星が多いとラール人は知っているから。それに関してわかったことは？」

「ほんのわずかです、地球の母。定時報告を傍受しているだけですから。たいていは航行中の超重族宇宙船からのもので、いちばん近いパトロール艦は七十光年はなれています。半年前、われわれが懲罰惑星から逃走したことには触れていません」

「だからといって安心できないわ、ペルトン。かれらはいまもわれわれを探しつづけているのよ」

傍受した報告をまとめてみても、パトロール隊が遠ざかっているのか、近づいているのか、結論は出ない。

グリタが会議を終わりにしようとしたとき、ヴァスコスが口を開いた。

「いちおう触れておいたほうがいいと思いまして。傍受した報告に、〝太陽の使者〟と呼ばれるヴラトが何度か出てくるのです。救世主あつかいされていて、うさんくさい一派がその出現を予言しています。だれかがこうした噂を意図的に振りまき、人々を統制しようとしているのかもしれない。いずれにせよ、すべての情報を記録して調べてみましょう」

「ヴラト……」グリタはつぶやいた。「聞いたことがあるわ。たわいもない噂だとは思うけど、念のため記録しておいて、ペルトン」そういってから、会議参加者に目を向ける。「ほかになければ、解散します。一週間後にまた集まって」

人々がいなくなると、グリタはペルトン・ヴァスコスにたずねた。

「だれがヴラトのことをいいだしたか、心あたりはあるの、ペルトン？」

ヴァスコスは驚いて相手を見つめ返した。

「ありません、地球の母。だが、いずれにせよ、つくり話だと思います。人類が最後まで希望を捨てないよう、こうした手のこんだやり方をしているのでは……もしかしたら、アトラン自身が一枚嚙んでいるかもしれない。おかれている立場を考えると、手段を選べる状況ではないでしょうから」

グリタはゆっくりとうなずいた。

「その推測はあたっているかもしれないわ。とにかく、注意してほしいの。この話に興味があるのよ。情報を集め、まとめて文書化してちょうだい。いいわね？」

「もちろん。二、三日中には提出できると思います。そのあいだになにか新しい情報がはいるかもしれません」

ヴラト神話は植民地のなかにもひろまり、いやおうなく強い影響力をおよぼしはじめた。人々は近い将来にヴラトがあらわれると信じている。〝太陽の使者〟の出現とペリー・ローダンの帰還を結びつける年配の住民もいた。

グリタはなんの手も打たなかった。ペルトン・ヴァスコスはそれが気にいらない。住民たちが想像の産物を追っているとしか思えないからだ。それでも、グリタの命令にしたがい、傍受した情報を集めて報告書を作成した。

四週間後、ヴァスコスが興奮して定例会議にあらわれた。報告書の束を演説台にほうり投げる。

「ヴラト支持者はかなり巧妙なやり方で動いています」ヴァスコスは書類を選別しながら説明をはじめた。「ただの噂ではない。ついに〝影〟があらわれました」

「影だって？」だれかが叫んだ。「いったいどういうことなんだ？」

「影は影だ！」ヴァスコスは声を荒らげてくりかえす。「それらしい報告を傍受し、音声リールに記録しました。バーキンスが持ってきますから、お聞かせしましょう。なかなか興味深い。情報の出どころは例の新しい銀河系連合の宇宙船ですが、くわしいことはわかりません。広域をカバーする周波で、暗号化せずに発信しています。できるだけ多く受信されることを目的としているようで。プロパガンダかもしれませんが」

「べつの可能性もあるわ」グリタはきっぱりといった。「判断はその報告を聞くまで待ちましょう」

八十がらみで小太りのバーキンスがやってきて、再生機にリールをおいた。走ってきたのだろう、息を切らしている。あたりはしずまりかえった。宇宙の深淵からの声が聞こえはじめる……

＊

「……現在ポジションはヴァイオレット・セクターの南、三パーセク。防衛のための定期航行中である。標準時間で七時間前、重装備の超重族パトロール艦の攻撃をうけ、停船を指示された。われわれ、ある惑星を偵察していたため、リニア空間に逃げこめなかった。ポジトロニクスの記憶バンクには膨大な情報がはいっており、奪われれば一大事である。司令官は逃走を命じ、非常事態にそなえて自動爆破装置をセットした。

低空飛行で惑星を三周したのち、敵にリードをたもちながら、最高速で宇宙空間を進んだ。しかし、超重族はすぐに差をつめて、戦闘を開始。最初の一斉射撃で防御バリアが崩壊し、エネルギー供給がとだえた。応戦したが、包囲されてしまった。超重族はこちらの船を拿捕しようとした。重要な情報を持っていることに気づいたらしい。

生存への望みは絶たれた。司令官の手が自動爆破装置のコントロール・ボタンに近づく。カバーはすでにとりはずされていた。

そのときである。パノラマ・スクリーンが突然、白い閃光をはなった。まぶしさに全員、思わず手で顔をおおった。まるで全宇宙が爆発したようだった。船が消滅したと思ったが、まだ生きている。奇妙な感じだった。まばゆい光は消え、敵の宇宙船三隻が燃えさかる破片となり、星々の海に漂っている。

スクリーン上になにかの影のようなものがのこっていた。

球型をしている。直径二千五百メートル。質量走査機によればたしかに物質ではあるが、〝影〟としかいいようがない。明るい星々が向こうに透けて見えるのだから。

幽霊船に救われたのだ。たった一回のエネルギー攻撃で超重族が吹き飛ばされた。こちらの味方なのだろう。

司令官はなんとか連絡をとろうとしたが、応答はなかった。交信をもとめてスクリーンを凝視しているうちに、球型の影はしだいに薄く透明になった。まるで、溶解して上位次元にもどっていくかのように。

自動爆破装置を解除し、偵察任務を続行した。敵への警告、および、同盟軍への激励として、この報告は暗号化せずに発信する。

われわれ全員、ヴラトの出現を確信したのである」

＊

バーキンスは再生機のスイッチを切った。ペルトン・ヴァスコスが口を開く。

「どうです、地球の母？　完璧なプロパガンダ……あるいは、そうでないと？」

グリタはしばらく黙っていたが、やがて答えた。

「直径二千五百メートルで球型というと、ちょうどテラのウルトラ戦艦の大きさだわ。影のようだったというのは、もちろんトリックでしょう。しかし、なんのために？　ヴラト神話をひろめるというだけの目的で？」グリタはヴァスコスを見つめた。「プロパガンダですって、ペルトン？　違うと思うわ」

「もうひとつ、傍受した報告が」その口調からすると、ヴァスコスはヴラトについての意見を変えたらしい。「最初のものほど重要ではありませんが、記録しました。ちなみに情報源は超重族です」「それによると、超重族のパトロール艦隊が新しく組織された同盟の一部隊を追いつめたところ、アルコン人のグループだったとのこと。最初は交渉したが、双方とも譲歩しなかったため決裂。超重族の最後通告によりアルコン人は追いこまれ、包囲されたそうです。最後通告の期限が切れたとき、砲火が開かれました」

ペルトン・ヴァスコスは聴衆の緊張を高めるため、すこし間をおいた。書きとめたものにちらっと目をやり、先をつづける。

「この報告からは、同盟部隊がどうなったかはわかりません。もしかしたら、逃走に成功したのかもしれない。ところが、このあと超重族の旗艦内である出来ごとが起きます。人間の輪郭を持つ透明な〝影〟が、司令室で実体化したのです。やはり、〝影〟と呼ぶべきでしょう。エネルギー兵器を手にしていたから、球型のものと同様、物質であると考えられますが。〝影〟はすぐに攻撃をはじめ、司令官と幹部将校数人を殺したあと、反撃される前に消滅。超重族のべつの艦にもあらわれ、同じように攻撃をくわえたとのこと。ラール人の手下に対し、一連の出来ごとがほぼ同時に起きたわけです。司令官を失った艦隊は、戦意喪失して逃げ帰ったようです。ここで報告は中断されています」ペルトンは目をあげると、「これもやはりプロパガンダでしょうか？　いや、違う。たしかにわたしは最初、ヴラトはでっちあげだと思っていました。しかし、ラール人を刺激して自分たちの不利益になることまでする必要はないはず」

「やっとわかったのね」と、グリタはいった。「なぜヴラトが〝影〟として行動するのかわからないけれど、きっと理由があるのでしょう。われわれの想像を超える技術力を持っているのかもしれない。しかし、それがローダンだと考えるのはあまりに短絡的というもの。銀河系には多くの種族が存在するから、多様な生命体が発生する可能性がある。そのいずれかが、ラール人と公会議のやり方に反発しているんじゃないかしら」

「ヴラトは救世主です！」ひとりの老女がいった。「ここにもきますよ、われわれを解放するために！」

ペルトンは老女を疑わしげな目で見たが、なにもいわない。グリタはうなずくと、

「あなたのいうとおりかもしれない、ティリメルおばさん。信じることで新しい力が得られるならば、だれもそれをじゃましないわ。あなたはわたし同様、地球で生まれた世

代だから、太陽系帝国の時代をおぼえている。当時、われわれになにができたか知っている。希望なしではこれから先、生きられないことも……しかし、新テラは銀河のはずれの孤立した惑星で、存在すら知られていない。超重族に見つかるおそれはないから、ヴラトも必要ない。もし、ヴラトが本当にいるならば、アトランを助けるべきだわ。ヴラトを必要としているのはアトランのほうよ」

さらに議論が戦わされたあと、やがて散会した。もの思いに沈みながら、あるいはすこしほっとしながら、それぞれが家路につく。報告を毎日とどけるようペルトンに依頼してから、グリタも腰をあげた。

それからの数週間、幽霊船の出現に関する報告が重なった。ヴラト伝説が新しい温床を見つけたのだろう。テラナーが暮らす銀河系のあらゆるところで、雨後の竹の子のようにヴラト信仰のセクトが生まれていた。

通信士のバーキンスは政治的動機から興味をひかれ、GAVÖK創立の経緯に関する報告を傍受。ここでも幽霊船と〝影〟が話題になっている。思わず耳をそばだてた。

この報告によると、裏切り者が逃走に使った宇宙船を幽霊船が破壊したとのこと。さらに、人間のかたちをした〝影〟が直接、会議の場にあらわれたそうだ。名乗ったわけでもないし、捕らえることもできなかったが、口をきいた。公会議に反抗する同盟の味方だという。

そして、幽霊船も〝影〟もふたたび跡形もなく消えている。

バーキンスは報告をまとめあげ、ヴァスコスに提出。ヴァスコスからそれをうけとったグリタは、ひそかな予想が確信に変わるのを感じた。ローダンはすでに銀河系にもどっているのだ。いまは、妨害なく作戦が実行できる時期をうかがっているにちがいない。ヴラトを信じる人々に対し、ひかえめな態度をとる理由はもうない。グリタは決心した。今後は積極的にセクトを支援しよう。

ヴァスコスはグリタの政策に了解の意志をしめし、

「ヴラト教団を誕生させましょう。それにより、新テラの人々は未来を信じる力を持つことができる。何もかも以前の〝古きよき時代〟にもどるかもしれない……そう思って疑わなくなるでしょう」

ところが、事件が起こったのである。

2

ある晩、ペルトン・ヴァスコスがグリタ・ヴェルメーレンのところにやってきた。興奮して鼻息も荒く、椅子に身を投げだすように腰をおろす。ポケットからとりだした書類を黙ってグリタに手わたすと、震える手で煙草に火をつけた。新テラではじめて収穫した煙草の葉でできたものだ。

グリタは書類に目を通し、

「どうしたものかしら？　超重族のパトロール艦がこのポジションにはいってくることは予想していたけれど。とはいえ、五十光年もはなれているのよ。千年前だったら航行不可能な距離だわ」

「いまは可能なんです、地球の母！　この星系にあらわれるまで一リニア航程もないかもしれない。そのあと、なにが起きるかはおわかりでしょう」

「考えておくべきだったわね、ペルトン。パニックがひろがらないように気をつけなければ。防衛要塞は迎え撃つ準備ができている。宇宙船数隻が相手なら、なんとかなるでしょう。しかし、艦隊であらわれたら……」

地球の母は口をつぐんだ。

「艦隊であらわれたら？」ペルトンがくりかえす。

グリタは肩をすくめ、

「そのときは、適当な時期にあきらめるわ」と、しずかに答える。

ペルトンは跳びあがった。

「懲罰惑星にもどると？」興奮してかぶりを振る。「とんでもない、地球の母！　あそこでなにが起こっているか、あなたは知らないんだ。もどるくらいなら死んだほうがいい！　いずれにせよ、わたしは死を選びます」

「そうかんたんに死ねるものではないわ。たった一度しか生きられないのだから、ふつうは。パトロール艦隊はまだ五十光年はなれている。きっとプログラムどおりに巡回しているのでしょう。ここにくるのは今年かもしれないし、十年後かもしれない。だからといって、すべてほうりだして逃げだすつもり？　それはできないわ！」

「どうしたらいいかわからない」ヴァスコスは認めた。「わたしは報告にきただけです。警告はしましたからね！　この情報は秘密にしておきますか？」

「いいえ！　次の会議で話しあいましょう。住民の意見を聞きたいわ。どのような危険が迫っているか知ったら、覚悟もできるはず」そういうと、グリタはペルトンをじっと見つめ、「些細なことだけれど、人々はヴラトを信じているのよ！」

ヴァスコスはすぐに答えなかった。不愉快な話題だ。たしかにヴラトは信じざるをえないが、本心をいえば信じたくない。

「信仰だけでは助かりませんよ、地球の母！　自分たちの力でなんとかしなければ！」

「そのとおりよ、ペルトン。信仰は自分たちでなんとかする力をあたえてくれるだけ。これが重要なの！　わかっていると思うけれど」

ヴァスコスは煙草をもみ消した。

「もちろん、わかっています。以前から心理学に興味を持っていましたから。問題は、教義が実質的な価値を持つかどうかです」

「会議は二日後ね。そこでわかるでしょう。それまで、パトロール艦の追跡をつづけてちょうだい。超重族はたえず交信しているわ」

「艦同士の交信がここにとどくのは五十年後ですよ」と、ペルトンは指摘。「艦隊と基地とのあいだでやりとりされるハイパー通信経由の情報がたよりです。もっとも、それで充分ですが」

グリタはうなずいた。

「おやすみなさい、ペルトン。また、あす……」

翌日、グリタはいつものように畑を見まわり、まいた種の成育を確認した。収穫は目の前だ。まわりの人々と言葉をかわし、惜しみなくねぎらう。新テラに宇宙空間からの危機が迫っていることにはひと言も触れなかった。

二日後、会議の席ではじめて口にする。

超重族はまたわずかにはなれたあと、いまはべつのセクターから新テラに近づいている。徹底的なポジション探知が功を奏したようだ。

グリタ・ヴェルメーレンがそれを参加者に告げると、興奮が議場をつつんだ。おちついて考えるしかない。宇宙船一隻か二隻だったら、交信を中断する時間もあたえず殲滅《せんめつ》する。より大きな艦隊があらわれたら、交渉にはいるのだ。

それからの二週間、新テラではなにも起きなかった。作物の収穫がはじまる。ティリメルはそれまでの作業グループから、べつのところにうつった。ヴラトの出現とその救済を伝えるために。

だが、ティリメルの言葉を信じる者はいなかった。

ある晩、ペルトン・ヴァスコスは、定期報告のためにグリタの住まいを訪れた。黙ってテーブルに報告書を投げだす。グリタは目を通してから、ペルトンを見つめた。

「四隻ですって？　多すぎるわ」

「二隻多いですね」ペルトンはしぶしぶ認めた。「二隻は殲滅できるかもしれない。三隻めもなんとかなるでしょう。しかし、最後の一隻は緊急通信をしてから逃げだす余裕が充分にあります。艦隊はここから二光月のところで、コース修正のためにリニア空間から出ました。あとひとっ飛びです。すでに現ポジションを超重族の基地に伝えています。つまり、座標を把握しているということ。たとえ全艦を殲滅しても、なんの役にもたちません」

グリタはひどくむずかしい顔をしている。

「防衛要塞の人員が納得するといいけれど……どんなことがあっても、こちらからしかけてはならない。応戦するのは攻撃された場合だけ！　で、くるのはいつ？」

「今晩か、あすには」

「要塞に警報を出すのよ、ペルトン！」

翌日の午前中、超重族のパトロール艦四隻が新テラ上空にあらわれ、交信をはじめた。データは暗号化され、植民地の専門家もかんたんに解読できない。二時間後、さらに八隻があらわれた。新テラは敵十二隻におびやかされる。

抵抗は無意味だ。グリタは通信ステーションにとどまり、ラール人の手先との接触を試みた。時間かせぎをしなければ。もしかしたら交渉できるかもしれない。

防衛要塞は射撃準備をととのえていた。

パトロール艦十一隻は周回をつづけ、十二隻めが植民地中心の上空高くに浮かんでいる。そこから爆弾のひとつも落とせば、新テラの生命体は全滅だ。

グリタはスクリーンを前にしていた。一方、バーキンスは通常通信で超重族との接触をくりかえし試みる。半時間たって、やっとスクリーンに顔があらわれた。しだいに映像が安定してくる。残忍で妥協を許さないその顔つきにグリタは愕然とした。超重族は口もとにさげすみの表情を浮かべ、

「女……？　男はいないのか？」

「わたしがこの植民地の全責任を負っています」グリタはおちついて答えた。「グリタ・ヴェルメーレン、自由テラナーです。銀河系での出来ごとは、われわれにはまったく関係ありません。そちらはなにが望みなのですか？」

相手は大きく息を吸った。

「ほう、自由テラナーだと？　自由なテラナーなど、もういないぞ。全員、公会議のしもべにすぎない。自主は許されないのだ。この植民地を無断でつくったのはいつだ？　住んでいるのは何者だ？　逃亡した捕囚か？」

「違います」グリタは嘘をいった。「われわれ、無人だったこの惑星でもう長く生活しています。平和を愛する種族で、政治や戦争には関心がありません。あなたたちがお客としてきたのだったら、大歓迎です。着陸許可を出しましょう」

超重族は大笑いした。

「冗談が好きだな！」と、吠える。「わたしはジャルタム。銀河系第一ヘトラン、マイ

ルパンサーの腹心だ。第一ヘトランの命により、ここのテラナーすべてを逮捕し、懲罰惑星に連行する。住民の数は？　さ、答えるんだ！」

絶望的である。マイルパンサーという名は傍受した交信のなかでしばしば聞いた。だが、このジャルタムという男、第一ヘトランよりあつかいにくそうだ。

「四千人ほどです、ジャルタム。どうやってここから連行するつもりですか？」

「宇宙船が十二隻あれば、わけはない。準備にとりかかれ。二十時間以内に川ぞいの平原に着陸する。荷物はひとり五キログラムまで。武器の持ちこみは禁止だ！」

「明朝ですって……？」

「こんなに長い猶予時間は、わたしにしてはめずらしいぞ、マダム！　全員に知らせるんだ。抵抗する者がひとりでもいたら、植民地を全滅させる。いいな？」

グリタはうなずくと、通信を中断した。

受信機の前にすわりこむ。スクリーンが暗くなってから、やっと立ちあがった。ヴァスコスとバーキンスは怒りに顔をゆがめ、地球の母の決断を待っている。

グリタは口を開いた。

「聞いたでしょう？　交渉の余地も抵抗手段も、なにもない。もうおしまいだわ」

ヴァスコスが前に進みでた。

「地球の母、あきらめないでください！　敵が着陸したらすぐに攻撃をしかけましょう。

要塞から砲撃できます。爆弾を落とせば自分の身もあぶなくなることを、向こうにわからせるのです。やってみましょう！　懲罰惑星にもどるのは絶対にいやです！」

「選択肢はないと思うけれど」グリタは不安げに、「ほかの人々にもきいてみて、合意した意見にしたがうことにするわ。全員を招集してちょうだい、ペルトン！」

意見は分かれた。したがって、合意もない。男たちは戦うべきだと主張し、女たちは降伏するという。メラクソンにいたっては、山中にかくしてある宇宙船二隻で逃走しようと提案した。夜陰に乗じれば成功のチャンスがある、というのがその意見だった。

「あすの朝、もう一度ジャルタムと交渉してみるわ」グリタは会議を終わらせた。「そのあと、どうするか決めましょう」

超重族のパトロール艦は日の出直後に、十一隻のみが着陸した。十二隻めはちいさな点のように植民地の上空高く浮かんでいる。

ジャルタムは荷物の積みこみを監視するため、重装備の護衛をしたがえてあらわれた。グリタは男たち数人とともに近づく。最初にかわしたひと言ふた言ではっきりわかった……超重族の決心は変わらないと。あくまで上司の指示を守りとおすつもりらしい。

あきらめて、植民地へもどる。

その瞬間、防衛要塞の司令官が思いきった行動に出た。

丘からは攻撃場所がよく見わたせる。地下にかくされた重インパルス砲は、川ぞいの平原全体が楽にカバーできるよう、うまく配置されていた。

＊

メラクソンは司令官のパレントスに、交渉の見こみがないことを伝えた。ゆうに百五十歳を超えるかつての太陽系艦隊少佐は、無言のまま、自動発射指令装置のプログラミングをはじめた。植民地の住民が危険地帯から退却するまで待ち、赤いボタンを押す。

地下の陣地から重インパルス砲があらわれ、砲火が開かれた。

奇襲は大成功だった。超重族のパトロール艦四隻はエンジンの一部が爆発し、操縦不能になった。のこる艦は緊急発進して追撃をかわし、反撃のため上空で集結。

グリタは命令を無視されてひどく憤慨したが、なすすべはない。パニックにおちいる住民たちを見ているだけだ。だれもがグライダーに殺到している。報復攻撃から身を守るため、平原や遠くの山中に逃げようというのだ。いたるところで混乱が起きる。ティリメルだけが、怒濤のなかの岩のごとく平然としていた。だれも聞く者がいないなか、ヴラトについて語りつづける。通りを走るヴァスコスを呼びとめ、

「そこの坊や、あんたも疑り深い連中の仲間になったの？　よろこんで戦うといっていたのに、逃げるつもりなんだね。地球の母はどこ？」

「通信ステーションにもどりました。もう一度超重族と話をしようとしています」

「それでいいのよ。われらが地球の母には確信があるの。わたしも通信ステーションに行くわ」

「どうぞご勝手に！」ヴァスコスは叫ぶと、ふたたび走りだした。いまならまだ逃走用グライダーに追いつくかもしれない。

ティリメルは悠々と歩いて通信ステーションにやってきた。グリタが背中を丸めてすわり、スイッチを受信に切りかえて、超重族のパトロール艦を探している。やっと艦がスクリーン上にあらわれた。これで敵の動きを監視することができる。ほかにできることはない。

＊

ジャルタムは怒り狂って植民地の殲滅命令を出した。惑星自体はのこしておくことにする。これほどの惑星はめったにない。基地にうってつけだ。

パトロール艦二隻を地表に向かわせる。逃げまどう住民たちをひとりのこらずエネルギー兵器で撃つのだ。べつの艦二隻は、住民たちの宇宙船がある場所をめざす。質量走査機の計測により、山中にかくされていたものが判明した。破壊して、逃げ道をすべて絶たなければならない。

ジャルタムはスクリーンに目をやった。その瞬間、震えあがる。集結した艦隊のまんなかに、どこからともなくあらわれた〝影〟が実体化しはじめたのだ。ぼんやりとした輪郭を持つ巨大な球が出現。半透明の像がところどころ揺らいでいる。

「ヴラトの幽霊船だ！」将校がぎょっとして叫び、司令室の奥まであとずさりした。「勝ちめはない！」

ジャルタムは凍りついたようになった。指揮がとれる状態ではない。ひたすらスクリーンを見つめ、不気味な敵の出方を待っている。

長くはかからなかった。十秒くらいだろうか。住民への攻撃を命じられた二隻は集中砲火につつまれ、逃げることも発砲することもできずにその場で消滅。のこる二隻も幽霊船の巨大なエネルギー・ビームにやられる。

突然、砲撃がやんだ。

ジャルタムはためらった。生きのびる手はただひとつ、逃走だ！　しかし、決心できない。

次の瞬間、ちいさな竜巻のようなものが目の前で発生した。風を感じ、ジャルタムは驚いて大きく目を見開いた。司令室内で〝影〟がかたちをとりはじめる。

「ジャルタム！」恐怖心を煽る低い声だ。「退却するか、のこりの四隻もすべて失うか、ふたつにひとつだ。おまえが現在ポジションを伝えたせいで、植民地の住民たちは望みを絶たれた。ラール人の手下どもに報告するがいい……復讐者はどこにでもあらわれると！　苦境におちいったテラナーをかならず救う。わかったな？」

ジャルタムや将校たちは恐ろしさのあまり、麻痺したようになった。〝影〟に攻撃をしかけようとする者も、封じこめようとする者も、だれひとりいない。この不可思議な現象については、以前からよく耳にしていた。どこにでもあらわれる謎の幽霊船……それがいま目の前で脅しをかけている。

「おまえは何者だ？」やっと、ジャルタムは声を出した。

しわがれた笑い声が返ってくる。

「それを知りたいのか、ジャルタム？　すでにいったはずだ……テラナーの復讐者だと。超重族は未来に希望のもてないラール人に盲従し、テラナーを奴隷にした。おまえたちは裏切り者だ、ジャルタム。最後の審判がくれば、裏切り者は罰せられる。これが最後通告だ。十分で消えなければ、ほかの艦と同様の運命をたどることになるぞ。よく考えろ。時間はない」

〝影〟は消えた。

ジャルタムは影がいたところをしばらく見つめていたが、やがて、将校たちをどなりつける。

「なにもせず突ったっているとは！　〝撃て〟といわなければわからないのか？　声に出して命令したら、相手に気づかれるのだぞ！」

将校のひとりは驚いたように、

「ヴラトを撃つなんて……」

ジャルタムはショックから立ちなおっていた。

「ヴラトだと？　ばかばかしい！　まさか信じているんじゃあるまいな？　すべては幻覚ということで説明がつく！」

べつの将校がいった。

「幽霊船は幻覚ではありません、ジャルタム。数秒間で味方の艦四隻を破壊しました。こちらのエネルギー兵器はつきぬけてしまった。防御バリアさえ必要ないらしい。逃げるしかありません！」

いわれなくてもわかっている。しかし、敗北を認めたくない。マイルパンサーにどう報告すればいいのだ？　伝説のテラナーの復讐者から逃げたとでも……？

十分がすぎる。ジャルタムの旗艦はエネルギー・ビームの一撃をうけた。しかし、運行に支障はないようだ。やむをえず撤退を命令。

幽霊船は相《あ》いかわらず動かない。

超重族のパトロール艦四隻は最大加速価でリニア空間に姿を消した。

ハイパー通信により、〝影〟の出現に関するショッキングなニュースが流れる。

幽霊船はふたたび消えはじめた……新テラの住民に向けた通信をのこして。その内容は、可及的すみやかに惑星をはなれろというもの。

超重族が数日内にもどってくるという。十二隻どころではなく、数百という宇宙船をしたがえてやってくるらしい。

グリタは通信装置のスイッチを切らずに、スクリーン上の幽霊船が消えていくのを見ていた。

気がつくと、ティリメルがうしろに立っていた。あらたまったようすで口を開く。

「やっぱりそうでしたね、地球の母！　ヴラトがきて、われわれを救ってくれたんです。わたしの考えは間違っていなかった……」

グリタは黙ってうなずく。

それから、新テラの住民に向けて避難指示を出した。

3

鼻の曲がった男が巨大な全周スクリーンの前にすわって、無限の宇宙を見ていた。エモシオ航法士のサート・フードがわきの制御テーブルの上にある。顔は骸骨のようだ。落ちくぼんだ目をして、長い白髪が肩まで伸びている。

センコ・アフラトはグリーンランド生まれのテラナーで、SZ＝2の艦長である。数カ月にわたる航行のあと、やっと故郷銀河に近づいた。

ペリー・ローダンははるか遠くの小銀河バラインダガルにある惑星ラスト・ストップで釘づけにされている。センコ・アフラト以下SZ＝2の乗員は、単独で故郷銀河に向かう命をローダンからうけた。座標はすでに判明している。

こうして、直径二千五百メートルの球型艦の旅がはじまった。

アフラトは百九十五歳。生物の寿命を延ばす希少な薬の効果で、年には勝てないまでも矍鑠《かくしゃく》としている。

テレポーターであるラス・ツバイのほうは千五百歳という年齢にもかかわらず、まるで若者のようだ。細胞活性装置のおかげである。アフラトはときおりラスを〝お若いの〟と呼び、アフロテラナーはつねに寛大なほほえみで答える。

乳白色の故郷銀河がスクリーンにうつった。なにが待ちうけているのか。転送失敗により、地球と月は数十億光年かなたの未知の宇宙空間にほうりだされた。それから百二十年がすでに経過している。

ラス・ツバイは音もなく司令室にはいってくると、エモシオ航法士の隣りにすわった。無言のままスクリーンを見つめる。

「故郷銀河だ」アフラトは感情をこめずにいった。「次元物理学者のプロコシュ博士のおかげで、これ以上の潜入操作は必要ない。つまり、到着するまでリニア飛行で進めるということ。燃料を節約できる」

「燃料はもつのか？」ラス・ツバイは心配してたずねた。

「プロコシュによればな。次元を越える潜入操作はもうできないが。通常空間での軌道修正は無用だから、おそらくだいじょうぶだろう」

「だといいが」ミュータントはよく知っていた。《ソル》の燃料のあつかい方は複雑で、補給には困難がともなう。それが可能な施設があるのは、銀河系で三惑星だけだ。「あとどれくらいもつ？」

「まだしばらくは」エモシオ航法士はラスを安心させるように、「いまのところ、通常空間にもどらないよう高速を維持する必要はないからな。光線学者のパロス博士が、スクリーン用の極性フィルムを開発した。それを使えば、たえず監視が可能となる。中間空間効果は相殺され、まわりの宇宙空間をあるがままに見ることができるのだ」

ラスは乳白色の場所を指さすと、

「つまり、これが故郷銀河なのだな。ここにくるまで、どれほど多くの星々をすぎてきたことか。宇宙は果てしなく大きい」

「それなのに、公会議はよりによってわれわれの銀河を狙ったわけだ！　アトランとそのまわりの人類はどのような運命をたどったのか……百二十年は長いな」

故郷銀河にそうやすやすと侵入するわけにはいかない。この百二十年間になにが起きたかわからないのだ。つかまって殺されるか、死ぬまで捕虜生活を送ることになるかもしれない。

SZ＝2は故郷銀河のはずれでリニア空間から出て、待機状態にはいった。ハイパー通信装置は問題なく機能しているから、通信は傍受・記録できる。現状を知るのに長くはかからないはずだ。

数日後、スクリーン上の銀河は視界の大半を占めるほどに大きくなった。艦は球状星団の中心に向けてコースをとる。そこなら探知される可能性がすくないから。

故郷銀河の周辺部に最初に見える星々がある。そこから一光週はなれたポジションで、

ＳＺ＝２は通常空間に復帰。亜光速で先に進む。ハイパー通信装置が受信をはじめた。艦載ポジトロニクスはそれを分類し、記録装置に保存。平穏な待ち時間は終わったのだ。

三日めにはくわしい状況がわかった。公会議はついに権力を手中にし、それを非情なやり方で行使している。超重族はラール人の手下になったままだ。

アトランと新人類に関する情報はわずかだったが、ここで決定的な判断をするのはむずかしい。

〝ヴラト〟という言葉もはじめて聞かれた。

センコ・アフラトはこれにとりわけ興味を持った。関連する交信記録を集めて調べる。司令室での定例会議のさい、それを要約して述べた。

「神話化の一種だな。そう考えれば納得がいく。テラナーは捕囚の境遇にあるか、地下にもぐっている。希望なしではやっていけない。だから、ヴラトという太陽の使者の伝説をつくりあげたんだろう。明らかにローダンの帰還を示唆《しさ》している。ローダンの生存と再来を信じることで、生きる力を得ているのだ。かれらに伝えなければ……大執政官は人類を見捨てたわけではなく、時期の到来を待っているんだと」

ラス・ツバイは賛意をしめしながらも、

「ＳＺ＝２ではラール人に対して手も足も出ない。結局、追いつめられるだけだ。それではだれも助けられない。ヴラトの話をこちらの目的に利用するのはどうだろう。テラナーに力と希望をあたえ、ラール人とその手先を混乱させることができる。方法は考えつかないが……われわれ自身やこの船を〝見えないように〟できないかぎり」

ドン・パロス博士はなにかいいたげだったが、考えこんでしまった。アフラトが口を開く。

「見えないように？　なぜだ？」

「理由はさまざまだ、センコ」と、テレポーター。「まず、神秘的効果がほしい。われわれの出現がテラナーに確信をいだかせる一方、驚きもあたえられるように。テラナーの危機を救うには神出鬼没でなければならないが、居場所を特定されたり、攻撃されたりするのはまずい。通常のエネルギー・バリアではちょっと……」

「それだ！」ドン・パロスが突然叫び、手で額をたたいた。「三日間の猶予をください。そうすれば、問題を解決します」

「どの問題を？」と、アフラト。

「デフレクターつきの戦闘服を用意してください。わたしは原理にくわしいが、実行にうつすほうはもっと得意なんだ。艦のエネルギー・ステーションはまだ充分な生産能力があるから、すこしよぶんにエネルギーを使ってもだいじょうぶでしょう」

「質問に答えていない」艦長は指摘した。「なにをするつもりだ？」

「エネルギー・バリア構造をほんのすこし改良するんです、アフラト艦長。光線攻撃に対する防御機能はそのままですが、バリアにつつまれた物質……つまり艦とわれわれのからだは、見た目にはなかば消えます。SZ＝2はぼんやりとした影のように見えるはず。不気味でしょう？」

「SZ＝2を幽霊船にしようというのか？」アフラトは憤慨した。「健康的な考えではないな！」

「どの薬より健康的ですとも！」ドン・パロスは興奮し、自分のアイデアに感激しているようだ。「通常の宇宙船ではラール人を怯《ひる》ませることも、絶望しているテラナーに希望をあたえることもできません。しかし、幽霊船ならそれが可能です。保証しますよ、絶対に成功すると」

「わたしの特別戦闘服を使ってくれ」と、ラス・ツバイが光線学者に申しでる。アフラトは抗議しようとしたが、まにあわなかった。「無傷で返してもらえるとありがたい」

「返すときにはもっとよくなっていますよ！」ドン・パロスは叫ぶと、司令室を出ていった。

アフラトはその姿が消えるまで目で追っていたが、

「戦闘服はもどってこないかもしれないぞ、ラス」と、しずかにいった。「あるいは、もとの姿をとどめないか……」

それまで黙っていた次元物理学者のプロコシュ博士が口を開く。

「同僚パロスの考えはなかなかいいと思います。予想どおりにいくといいのですが。これまで傍受した通信をまとめて分析したかぎりでは、人類は絶望的な状況におかれています。尋常な方法ではどうにもならない」

「幽霊船か！」アフラトはまだ納得できず、ため息をもらした。「ラール人がその程度のトリックにひっかかるかどうか」

「すぐにわかりますよ」物理学者がなだめる。「しかし、副次的効果を忘れてはいけません。注目が集まるところにあらわれて攻撃する回数を増やせば、虐げられている人類や奴隷化されたほかの種族は心強い。希望の火がかきたてられるはず」

「そのとおりだ」ラス・ツバイはプロコシュの肩を持った。「なにかしたくても、ほかに選択肢がないしな」

アフラトはラスをしばらく見つめていたが、やがてうなずいた。

「いちおう賛成はする。しかし、懐疑的であることに変わりはない。にせの希望を芽生えさせ、存在しない太陽の使者をでっちあげようとしているんだ。神に対する冒瀆と紙一重じゃないか」

「目的は手段を正当化する」と、ミュータント。

アフラトは白髪をかきあげて、

「ドン・パロスがなにをするか、三日間待とう。それ以上の猶予はあたえない。長くかかれば、最初の星系に到着してしまう。公会議が基地として使っている可能性もある」

「三日間あれば充分でしょう」プロコシュ博士は自信たっぷりにいうと、立ちあがった。

「ドンを手伝いにいきます」

センコ・アフラトとラス・ツバイは司令室にのこる。

＊

「リハーサルをしましょう」ドン・パロス博士は、改良ずみの戦闘服を身につけたラス・ツバイを指さした。「デフレクター・バリアのジェネレーターに軽く細工をしました。船のバリアも同様です。ラスは完全に姿を消すことはできなくなりますが、このほうがより効果的だ。さ、見てください……」

ドン・パロス博士はテレポーターにうなずいた。ラスは躊躇《ちゅうちょ》なくスイッチを押す。

全員、金しばりにあったように見つめた。からだの輪郭が消えはじめ、曖昧になっていく。その姿はゆらめいているが消えることはない。光線学者がいったとおりだった。ラス・ツバイは〝三次元的影〟になったのである。

センコ・アフラトは前に進みでて、ミュータントのほうに手を深くさし出した。抵抗を感じることなく、からだをつきぬける。

「こんなことがあるのか、博士？　ラスはここにいるのに！」

「たしかに。だが正確には、〝ここ〟でなく未知の中間ゾーンにいるのです……この次元と上位次元のあいだに。こちらの会話もすべてわかるし、答えることもできます。そうですね、ラス？」

「そちらがはっきり見えるよ。話していることも聞こえる」声はわずかに鈍く響く。

「どうだ、わたしの幽霊役は？」

アフラトは椅子に腰をおろした。

「申しぶんないぞ、お若いの！」それから光線学者に向かい、「すばらしい出来だ、博士！　このようになっても、テレポーターとしての能力は失われないのか？」

「ためしてみては」ドン・パロスが提案した。

〝影〟が消え、数秒後、ふたたびあらわれる。ラスがいった。

「問題ないようだ、センコ。これなら、ラール人と超重族の船に跳びこんでも〝影〟の姿をたもっていられる。やつら、仰天するだろう。個体バリアを作動させ、エネルギー兵器の攻撃から身を守ることもできる。パーフェクトだ、パロス博士」ふたたび〝影〟からもとの姿にもどると、「SZ＝2のほうはどうだ？　成功ならば、すばらしい見え方をするはずだが」

「何人かを搭載艇で連れていって、遠くから観察してみてはどうですか？　そうすれば納得できるでしょう」

半時間後、SZ＝2は五億キロメートルのかなたにあった。センコ・アフラト、ラス・ツバイ、プロコシュ博士が食いいるように見つめる。艦ははるか遠く、宇宙の深淵に微動だにせず浮かんでいた。故郷銀河の微弱な光が、鈍く光る外被に反射している。

そのあと、望んでいたことが起きた。

金属の外被がしだいに色を濃くしていき、やがて真っ黒になった。だが、完全に姿を消したわけではなく、輪郭はのこっている。実体のない不気味な〝影〟に見えるが、たしかにそれは存在していた。臆病者でなくても、恐怖に震えあがる眺めだ。

しばらくすると、SZ＝2がふたたびあらわれた。ハイパーカムでドン・パロスがたずねる。

「どうです、みなさん？ 満足ですか？」

エモシオ航法士は答えた。

「もちろんだ、博士。あなたの理論はすばらしい。防御バリアはどうなる？」

「バリアの効果はそのままです、艦長。これで敵はさらに驚き、〝影〟を相手に戦うことはできないと悟るはず。こちらにもどってください。乗員たちが格納庫で待っています」

全員、司令室に集まった。

「傍受した通信データをすべて分析した結果、現状の概要がわかった」アフラトは会議の場で述べた内容をくりかえす。「理由は多々あるが、いまはアトランと連絡をとらないほうがいい。こちらのこともテラナーに教えないほうが得策だ。われわれの〝秘密〟はいずれラール人の知るところとなるだろう。ヴラトと信じたい者にはそうさせておく。現実となった神話はつねに効力を発揮するから。まずは、虐げられているテラナーを助けるのだ。そうすれば、ラール人もこれが冗談ではないと思いはじめ、ヴラトの噂を信じたくなるだろう……ありえないとわかっていても。そして、不安になる。一方、テラナーはあらたな希望を手にいれる。一石二鳥というわけだ」

だれもなにもいわなかった。ほかに案がないのだ。

二日後、SZ＝2は故郷銀河の境界を越えていった。みずからに課した使命を遂行するために。

＊

幽霊船の活躍はあらたなヴラト伝説を生んだ。救世主による解放を信じる人々に希望をあたえたのだ。ラール人とその手下たちも、これまでばかにしていた話を真剣にうけとめはじめた。

あちこちで同時に何度も、巨大な幽霊船があらわれている。銀河系の種族、とくにテラナーを助けるために。超重族のパトロール艦隊は、反撃したせいで容赦なくつぶされた。ヴラトは妥協を知らないらしい。

いまや公会議にとって幽霊船は真の敵であり、あなどれない危険な存在となっていた。ホトレノル＝タアクは第一ヘトランとなったマイルパンサーに命じ、あらゆる手段を使って拿捕し殲滅しようとした。

追跡がはじまった。

だが、アフラトも乗員たちも恐れてはいない。いまのSZ＝2は、すべての点で超重族の艦隊にまさるから。幽霊船はいつも突然あらわれる。その〝影〟は超重族のあいだに不安と驚きをひろげていった。

そして、テラナーのあいだには希望と信頼を。

アフラトは安全な距離をたもちつつ、新テラのようすを見守っていた。住民たちが惑星にとどまれば、カタストロフィが起きる。ハイパー通信装置は、ジャルタムの緊急連絡を傍受したのちに分析。超重族の大部隊が二百光年はなれたところに集結し、事態鎮圧に向かおうとしている。敵が二百隻では幽霊船も対抗できない。

新テラでは住民たちが宇宙船二隻になだれこんでいる。全員、失望の色をかくせない。何カ月間も苦労してつくりあげたものを、すべておいていかなければならないのだ。新しい故郷をもとめ、あてどない旅がまたはじまる。いったい、いつ終わるのだろう。

高価なものがすべて積みこまれた。双方の宇宙船は出発準備を完了。ふたたび、グリタ・ヴェルメーレンが小編隊の指揮をひきうけた。メラクソンは首席航法士、ペルトン・ヴァスコスは副長としての職務をはたす。バーキンスは通信室を率いた。ティリメルは通廊を歩きまわり、相いかわらずヴラト帰還の教えを説いている。

いまは教えをひろめるチャンスだ。新テラへの移住はあきらめることになったが、だれもが幽霊船をその目で見たのだから。なんといっても、超重族のパトロール艦四隻がやられたのだ。

地球の母は老女の好きなようにさせていた。おさえつければ面倒なことになる。それに、グリタ自身もしだいにヴラトの存在を信じるようになっていた。だれが操っているか知らないが……

宇宙船は問題なく出発。楽園のような惑星がゆっくり遠のいていく。汗水たらしてつくった畑が見えた。丘の上には家がならび、居住地域には道路が通る。しかし、いまは人影もなく、おきざりにされている。

メラクソンがたずねた。

「コース・データが手もとにありませんが、グリタ？」

グリタは夢からさめたばかりのように見える。植民地の女指導者として、これまでつねに毅然とした態度だったが。ぼんやりうなずくと、制御テーブルの星図を指さして、

「周辺には、とくに名前を持たない星系がいくつかあるわ。つまり、未開発ということ。

もしかしたら、前の惑星よりも幸せに暮らせるかもしれない」

「コースをプログラミングしてみましょう」ヴァスコスが申し出た。

グリタは了解をしめしたあと、顔をそむけた。もうこれ以上、スクリーンも新テラも見たくない。ベッドに横になって眠ろう。

ところが、立ちどまったまま、動けなくなった。

出口に向かおうとしたとき、人間の〝影〟があらわれたのだ。押しとどめるように両手を伸ばしている。低い声がした。

「待ってくれ、地球の母。コースをプログラミングする前に、話がしたい……」

聞き慣れない声に、ヴァスコスが振り向く。黙って見つめるうち、影は変化していき、しだいにはっきりしたかたちをとりはじめた。植民者が乗る宇宙船の司令室に立っているのは、ヘルメットのない戦闘服に身をつつんだ、肌の黒い男であった。

ヴァスコスが見たことのない男だ。

グリタは叫び声をあげ、一歩うしろに下がった。

「信じられない！」不意をつかれ、愕然とする。「ラス・ツバイ……テレポーターの！ビデオ・スクリーンで見たことがあるわ！あなたは地球にいなかったのですか、あのとき……」

「地球が消えたとき？いたとも、地球の母。そう呼ばせてもらっていいかな？ハイパー通信で聞いていたが、尊敬がこもった呼び名だと思うのでね。われわれ、帰路を見つけるまでに百二十年かかったのだ」

グリタはラスを見つめながら、ささやいた。

「〝われわれ〟ですって？　ペリー・ローダンもいっしょですか？」

ラス・ツバイはかぶりを振った。

「ローダンはまだだ。長い話になる。それを伝えるため、ここにきたのだ。テラナーが真実を知るときだと思ってね。スクリーンを見てもらいたい。幽霊船の正体はわれわれのSZ＝2……テラの球型艦だ。時間がない。可及的すみやかに新しい体制をつくるべきだ。この一帯はもうすぐ危険になる。超重族がすでに集結しているのだ。安全なポジションを数分で確認するから、航法士にそれをプログラミングさせるように。もう一隻の船にも伝えてくれ。わたしはこの宇宙船にとどまる」

＊

小編隊は、新テラから四百光年はなれたセクターをめざした。目的ポジションへは問題なく到着。ごく近くに、対探知の楯となる赤い恒星がある。惑星はない。

ラス・ツバイはここへきてようやく、植民者たちに話をする機会を見つけた。宇宙船二隻のインターカムを通じて四千人の人々に語りかける。SZ＝2はそのあいだ、小編隊の現在ポジションに近づくものがないよう、見張っていた。

ミュータントが最初に語ったのは、百二十年前、銀河系にのこった人類に起きた出来ごとである。だが、地球のその後については黙っていた。自分はもとより、SZ＝2の乗員もほぼ四十年間、連絡がとれずにいるのだから。

ラスト・ストップに着陸したときの話をする。バラインダガル小銀河にあるその惑星に、ラス・ツバイは足止めされていたもの。連結した球型艦二隻のうち、自由に動けるのは一隻だけだった。その《ソルセル＝2》に乗って、やっと故郷銀河にたどりついたというわけだ。

浴びせられる質問に、ラス・ツバイはできるかぎり答えた。いつの日かローダンはきっと帰還する……自分たちもやり遂げたのだから。だが、自分たちは立場が弱すぎて、いまはまだローダンの前衛部隊と称することはできない。この理由から、ヴラト神話を利用しようと思いついた……

ラス・ツバイのこうした話は、熱狂的な喝采に何度か中断された。ティリメルは最初、ローダンがもどっていないと聞いてがっかりしたものの、ヴラトの正体におおむね満足した。自分の予言は正しかったと、相手かまわず触れまわっている。

やがて、ラス・ツバイは報告を終えた。ローダンとそのほかのテラナーたちの行方が気になるが、口には出さない。大執政官たちはまだ見知らぬ小銀河に閉じこめられているのだろうか？

いつの日か、救助隊を送ることになるかもしれない。

だが目下のところは、より重要な問題がある。

「アトランと新人類について、なにか知っているか？」ラス・ツバイはたずねた。

懲罰惑星にいたヴァスコスはほとんど知らないが、グリタはすこし聞いていた。

知っているかぎりを答える。アトランとその行動についてはわからないことが多いし、〝新アインシュタイン帝国〟の主惑星がどこにあるかも説明できない。ただ、〝プロヴコン・ファウスト〟と呼ばれているのは知っている。公会議に反対するGAVÖKという同盟も新しく結成されたらしい……

「アトランと連絡をとるには、どうすれば？」と、ミュータント。

「連絡はとれています。こちらのことは伝えたので、すぐに答えがくるでしょう」

「なぜ、プロヴコン・ファウストに逃げないのだ？　そこなら安全だろう」

グリタはためらっていたが、やがて答えた。

「気にいらないのです……ラール人からあたえられた場所で安穏《あんのん》とするのが」

「安穏とする？　そこに逃げこもうとする者にとっては、いいことではないか」

「数年先だけ考えるなら、それでいいかもしれません。しかし、そのあとは？　敵がいなければ公会議の権力はすぐに巨大化します。GAVÖK設立は、現状にがまんならないテラナーをなだめるためのブラッフにすぎません。われわれはもっと自由でありたい。だから、新しいテラを探そうとしたのです」

「新テラは失われたが」と、ラスはつけくわえた。それでも、心のなかではグリタの意見に同調している。「もう一度やってみようというのだな？」

「決してあきらめません！」グリタはきっぱりといった。

「じゃまはしないが、われわれ、アトランと連絡をとる必要がある。それができたら、好きなようにすればいい。ひとつ問題があるのでね」

「力になれるでしょうか？」

「あるいは。SZ＝2が燃料不足におちいっているのだ。貯蔵惑星におもむいて補給する必要がある。そこでなにが起きているか、アトランと話してたしかめたい。燃料なしでは、これ以上ヴラト役を演じることはできない」

「連絡がとれるまで数週間かかるかもしれません」

「待とう。この赤い恒星は対探知の楯となるから、〝待ちあわせ場所〟として最適だ。超重族でもかんたんには見つけられないだろう」

「連絡係に命じて、現在ポジションを知らせるようにしましょう」と、グリタは提案。

「だれが待っているか知ったら、アトランはすぐにやってきます」

「そう願いたい」ラス・ツバイはいった。アルコン人に再会できるのはとてもうれしい。

しかし、心の奥底に不快感が宿っているのも事実だった。「待つあいだ、貯蔵惑星にいってみようと思う。アトランの到着前に燃料補給が可能になるかもしれない。ポジションはわかるが、ラール人に占領されているかどうか。まずはそれを調べてこよう」

「われわれはここで待ちます」と、グリタ。

「五日でもどってくる」ラス・ツバイは約束した。

ミュータントはテレポーテーションし、SZ＝2にもどる。

グリタは大きく息をついて腰をおろすと、司令室の顔ぶれに向かって、

「決断のときが迫っている。われわれの計画を貫きましょう。生活しやすい惑星を見つけ、新しい故郷を建設するのよ。一度の試みでうまくいくとはかぎらないわ」

グリタのいうことは正しい。しかし、その場のだれもが、息ぬきの時間をあたえられてほっとしていた。アトランとの会談がうまくいくと確信している者ばかりではない。多くは不安と疑いを持っている。自分たちがしたがってきたのはアトランではなく、自信に満ちた女指導者なのだ。アルコン人はこれを聞いたらどう思うだろう?

4

SZ＝2は数回のリニア航程をへて、ヴェガ星系近くでアインシュタイン空間にもどった。パノラマ・スクリーンを食いいるように見つめているのは、センコ・アフラトとラス・ツバイのほか、高齢で髪の白いかつての太陽系艦隊将校である。期待を裏切らない眺めだ。スクリーン左にあるヴェガは大きく、強い光をはなっている。そのせいで周辺の星々は目だたない。

それでも、スクリーン右にちいさな黄色い恒星が見えた。これといった特徴もなく、どこにでもありそうな恒星だ。計測機によれば、その距離二十七光年。

「ソルだ！」アフラトが感きわまったように、「テラの太陽だ！」

ラス・ツバイは黙ってうなずいた。百二十年前に見たきりで、いまではその存在さえ疑いはじめていた太陽……かつての地球に生命を誕生させた太陽である。テラナーの星間帝国はその名をとって名づけられた。

ソルだ！

「もう二度と目にすることはないだろうと思っていました」ラスの隣りで老将校がいった。「しかし、周回する惑星のなかでもっとも重要なものが欠けている。地球です！いつか、もとの位置にもどるでしょうか？」

「わからない、ミルコグ少佐。だが、そう願いたいもの」アフラトは興奮をかくそうともしない。「とはいえ、いまはラール人支配地域のどまんなかだ。もし探知されたら、追跡がはじまる。まずは、貯蔵惑星を偵察しよう」

新しいデータが次々と探知センターにはいってきては分析された。特定された物体のポジションが星図に自動転送され、光点として表示される。司令室内はしだいにおちつかなくなった。光点は増える一方だ。ヴェガ星系は完全に包囲されていた。

SVE艦と超重族の艦隊がうようよしている。

「われわれがくるのを予想していたようだ」ラスは信じられないという口調で、「千里眼なのか？」

「それはない」と、エモシオ航法士。「ただ筋道をたてて考えたんだろう。ローダンがやっともどってきた。長い時間をへた帰還なので燃料が不足している。だから待ちかまえていたんだ」

「こちらの燃料は？」少佐がたずねた。

「のこりすくないが、まだしばらくはもつ。まわり道すればケンカント星系のソルモラまで行ける」

ラスは星図を調べている。目をあげると、指摘した。

「三万八千光年以上あるぞ。直接向かうか、ここをためしてからにするか」

アフラトはふたたびスクリーンに目をやる。

「ここは無理だ。ヴェガ星系の惑星はあきらめるしかない。敵の数が多すぎる。ヴラトの登場も助けにはならない」太陽がある右方向へ視線を動かし、「せっかくだから、太陽を近くから見たいもの。だが、危険すぎる。センチメンタルなことはやめよう。少佐、ソルモラへのコースのプログラミングを手伝ってくれ。一刻も早く立ち去らないと、すぐに気づかれる。発見される前にシュプールを消すんだ」

ミルコグとアフラトは連れだって航法部に向かう。ラス・ツバイは司令室にのこり、ひとり悲しげに太陽を見つめていた。

＊

コースをプログラミングしないうちに、ラール人に探知された。

ドン・パロスはすぐ細工ずみのエネルギー・バリアを作動させる。《ソルセル＝2》はふたたび恐ろしい幽霊船になった。超重族の攻撃の手が鈍る。球型の〝影〟がこれまでにひきおこしてきた恐怖が、記憶に刻まれているのだろう。

緊急発進して燃料をむだにしたくない。ここを出たあとの軌道修正に必要なぶんが減少してしまう。全神経を集中して、艦載ポジトロニクスに最後の計算を入力。結果が航法ロボットに自動入力され、プログラミングが完了した。最初の航程で三千光年以上進む計算だ。

超重族が攻撃をしかけてきたと同時に、航行を開始。

敵の収束エネルギー・ビームが、防御バリアの前に消滅した。探知機は相手の艦を二百と報告している。超重族があらたに編隊をととのえているあいだに、SZ＝2は最大価で加速しながら宇宙空間に突進。すぐにリニア速度に到達する。敵は幽霊船を見失い、なすすべもなくとりのこされた。

SZ＝2は三千光年を翔破したところでふたたび通常空間にもどり、現在ポジションを計測。超重族は振りきったが、ちいさな宇宙船一隻を確認した。

わずか数十万キロメートルしかはなれていないところを、自由落下で移動している。方向も定めていないのか。

ラス・ツバイは短い休憩後、司令室にもどってきた。疲れを知らないエモシオ航法士にたずねる。

「あれはなんだろう？　なにかの残骸か？　輪郭からすると商船のようだが、私有ヨットにも見える。当時は大量生産されたもの。しかし、どうやってここまできたんだ？」

「わからないな。近づいて見てみようか？　乗り捨てられたのかもしれない」

「わたしひとりでいく、センコ。わざわざ搭載艇を出したら、時間とエネルギーのむだだ。テレポーテーションしよう」

「ヘルメットは閉じておけよ。船のなかに空気がないかもしれない」

ラス・ツバイは宇宙服を身につけると、ヘルメットを閉じた。目標までの距離を計測すると、外被を調べることもせず、いきなり船内で実体化。

ちいさなコクピットのなかにいた。船自体も全長七十メートルほどしかない。光速の半分で進んでいる。計器類を見ると、すでに空気はない。操縦システムの向こうに白骨化した遺体があった。つっぷした状態ですわり、服がぶら下がっている。手は計器類の前の制御テーブルにおかれ、その先に開いたままの日記帳があった。なにか書いてある。カタストロフィが起きたとき、すでにポジトロン宙航日誌用のエネルギーがのこっていなかったのだろう。

ラスは立ったまま、あたりを見まわした。

ここにはほかに遺体はないようだ。空気がつい最近なくなったとすれば、操縦システムの向こうの男は数十年前に死んだと思われる。腐敗がはじまってすぐに空気がなくなったのなら、どのくらい前かわからない。

通廊にそってならんでいる扉を次々にあけ、キャビンにはいってみる。どの部屋にも乗員の遺体があった。ほとんどはベッドの上で、訪れる死をしずかにうけいれたように見える。ぜんぶで十五体だ。

船尾には機関室がいくつかある。設備に問題はなさそうだ。しかし、燃料ストック装置の目盛りがゼロをしめしている。この船にはエネルギーがないのだ。照明も暖房も機能しなくなり、やがて空気供給もとまった……乗員は確実に迫りくる死を知っていたにちがいない。

それ以上はわからないまま、コクピットにもどる。ひとりとして助けられなかった。せめて日記帳は持っていきたい。不幸な乗員たちの運命について、くわしくわかるだろう。なにかヒントになるものが書いてあるかもしれない。

日記帳を手にとると、SZ＝2にテレポーテーション。アフラトが帰りを待ちこがれていた。宇宙服を脱いでから、見てきたことをかんたんに伝えた。

「日記を読んで、内容を報告しよう」

「わかった。そのあいだに第二航程をプログラミングして、SZ＝2の航行をつづける。エネルギー不足に気をつけなければ。あのちいさい船のように航行不能におちいり、漂流船になってしまうからな……」

ラスはうなずくと、自分のキャビンにひきあげた。

日記はずいぶん読みにくかった。この筆者は明らかに手書きの経験がないようだ。ポジトロニクスによる記録装置にたよっていたのだろう。船長だったらしい。

最初のページではたいした情報が得られなかったが、かまわず読み進んだ。

ミュータントは思った。人間の運命ほど意外なものはない……

＊

「三五一〇年七月十八日。燃料を節約しなければならない。さもないと、凍え死ぬか、窒息死だ。突然、ポジトロン宙航日誌が作動しなくなる。保存していたものはすべて消えた。手書きにするしかない。起きたことをそのまま書いていこうと思う。

二年前、われわれは植民地をはなれた。どこかに無人惑星を見つけて、心しずかにヴラトの出現を待つことにしたのだ。ヴラトがかならず救ってくれる。たとえ、この船が漂流船になったとしても……

植民地では、ヴラトを信じない人々によって隔離された。テラナーだけでなく、そこに住むすべての種族から虐げられた。ある晩、われわれのちいさい教会が焼きはらわれる。ついに、脱出を決心。惑星より宇宙空間にいるほうがヴラトに近づけるという信者もいた。

ちいさな宇宙船を調達し、出発する。少人数ですごす日々は平穏であった。われわれは正しい行動を知っていたから。輝ける未来を持つ信者たちをねたむ者がいたので、追跡に対する注意はおこたらなかった。

リニア航程を二回こなした。ポジトロニクスの助けなしではできなかった。そのあと、リニア・エンジンが突然とまる。船に技術者は乗っていないので、亜光速で進んだ。七光年ほどはなれたところに黄色い恒星が見えた。測定機器により、無人惑星が周回していることがわかる。しかし、これが最後の測定となった。エネルギーを使わない飛行を心がけたが、燃料の備蓄が底をついた。空調設備、暖房、空気清浄器、機器類が大量に消費したのだ。

命運がつきた。

だが、われわれは希望を捨てない。デ・モンデ神父が毎日、自分で書いた〝ヴラトの本〟を読んでくれる。その言葉はわれわれに力と強い信仰をあたえる。食料はまだしばらくもつだろう。しかし、空気は熱くなり、息が詰まる。通信装置はとっくに動かなくなった。もう助けを呼ぶこともできない。

きょう、決心した。これ以上、兄弟姉妹の苦しみを見ていられない。ハッチをあけようと思う。空気は船外に流出してなくなるだろう。デ・モンデ神父に最後の説教をしてもらう。三五一〇年九月八日……そのときがきたのだ。

全員、自分のキャビンにもどった。わたしはひとりでコクピットにいる。七光年のかなたに、われわれの救いとなるはずだった黄色い恒星が見える。しかし、ヴラトはこなかった。

われわれの信仰は間違っていたのだろうか？

わずかにのこっているエネルギーでハッチを開く。

いつ、だれがこの日記を見つけるのだろう？　もしかしたら数ヵ月後かもしれないし、そのときは永久にこないかもしれない。船をそのままにしておいてほしい。われわれの棺桶なのだから……死者の平安を妨げないでほしい。数分後、われわれは死ぬ。われわれの

ペランデッ・ドラン神父

〝ヴラトの帰還〟教団長」

＊

ラス・ツバイは薄い日記帳を閉じて、わきのテーブルにおいた。

「七十年前に起きたことだ、センコ。人間はずいぶん長くヴラトを信じてきた。そろそろ真実を話すときではないかと思う」

エモシオ航法士はゆっくりとうなずき、しばらくして口を開く。

「どの信仰にも犠牲者は出るもの。理由はともあれ、ドラン神父とその信者たちは、自分たちの惑星をはなれる運命だった。社会のアウトサイダーだったんだろう。かれらの死を悼まないといっているのではないが、われわれ、より慎重になるべきだ。幽霊ごっ

こをやめるべきだという意見には賛成だが、時期尚早ではないかと思う。まずは最重要課題を解決して、燃料を補給する。そのあとで、アトランの意見を聞いてみようではないか。最新の状況について、われわれよりくわしいだろう」

「第二航程のプログラミングは？」

アフラトはほほえんだ。

「もう第二航程にはいっている」

予定していた三回のリニア航程を終えると、目的ポジションについた。目の前にちいさな赤黒い恒星が、微光をはなちつつ浮かんでいる。

＊

恒星ケンカントのまわりをめぐる惑星は三つ。第二惑星がソルモラだ。蒸し暑い熱帯性気候の太古世界である。地表は巨大な湿地帯や鬱蒼とした原始林でおおわれ、数かぎりない活火山があった。海には原始的生命が誕生している。

テラナーがこんなところに重要な燃料補給用施設をつくったとは、だれにも想像できないだろう。施設があるのは地面が盤石で、火山活動のない場所だ。

ソルモラの地下深く、インケロニウム＝テルコニット合金製の燃料球が保管されている。直径十二メートル。高圧縮された正物質プロトンを包容しており、非常に重い。この〝小太陽〟はわずか五・八立方メートルの容積に対し、二十万トンの重さを持つ。それだけの質量が、より大きな鋼球の内部にエネルギー・フィールドで保護されておさまっているのだ。

強力な反重力フィールドがないと、燃料球は動かせない。宇宙空間なら重量は問題ではないが。

高圧縮プロトンを鋼球中に保持する〝ワリング式コーマ圧縮フィールド〟には、つねにエネルギーが供給されなければならない。さもないと大爆発が起き、すべては灰塵と帰す。各燃料球は、太ももほどの太さがあるケーブルで地下のエネルギー・ステーションと結ばれている。ステーションで生成されるエネルギー流は、燃料球が積みこまれたあとも止めてはならない。

センコは探知センターのデータをいらいらしながら待っていた。

「エコーを確認できません」と、幹部将校が報告。「恒星の放射が強すぎて……いつもなら、こうしたことはないのですが」

アフラトはスクリーン上の恒星ケンカントを眺めた。特別変わったところはない。強い放射を出す星々は多いし、五次元の放射を出すものさえある。それがすべて強力な対探知の楯となるのだ。

「もっと探すんだ！」艦長は将校に要求した。

SZ＝2は亜光速で進んでいる。あらたにリニア航程を開始しなければ、外縁部まで二日かかるだろう。

ラス・ツバイがあらわれた。操縦システムの前にすわっていたアフラトは、ミュータントと交代する。

「目新しいことはない」と、エモシオ航法士は説明。「恒星ケンカントに注意するんだ、ラス。以前はこれほど強い放射を出していなかったと思う。このような変化はときとして急速に起こる。危険なものではなさそうだが」

「敵は？」

「この星系にはいないようだ。しかし、注意をおこたってはならない。ラール人や超重族はあらゆるトリックを使ってくるからな。対探知の楯として、恒星は最適だ。向こうもそれを知っている」

「わかった」ラスはつぶやくと、アフラトにかわって操縦システムの前にすわる。「ケンカントから目をはなさないようにしよう」

「それがいい」

ラスはぐっすり眠ったあと、異端者たちの漂流船のことを忘れてしまったらしい。インターカムは探知センターとつながっている。探知スクリーンに中継映像がうつしだされた。

たしかにこの星系内ではエコーはないようだ。装置に問題がないなら、周辺の数光年にはSZ＝2以外に宇宙船はいない。

だが、なにかおかしい。

プロコシュとドン・パロスが、装置をもちいて赤い恒星の放射値を分析している。その結果、この強い放射はなにかの副次現象であることが明らかになった。副次現象は原因があってはじめて起きる。

数時間がすぎた。アフラトはふたたびテレポーターと交代。だが、ラスはそのまま司令室にとどまっている。気になって眠れそうもないようすで、

「対探知の楯にかくれた宇宙船がいるのか？」と、不安げにたずねる。

「プロコシュがすぐくる。博士の口から聞けるだろう」

次元物理の専門家がはいってきた。近くのソファーに身を沈め、しばらく全周スクリーンを見つめる。やがて、うなずきながら赤い恒星を指さした。

「二、三隻ならまったく気がつかないが、五百隻はいるでしょう。それが自然の恒星放射を一部吸収し、通常周波を妨害している。結果として、残留放射が強くなり、艦隊のエネルギー放射と混じってこうした変化が測定されるのです。探知センターがエコーを確認できなかったのも無理はありません」

「ラール人の罠か？」と、アフラト。

「そのとおりです、艦長！　やつらは恒星にかくれて待ちかまえている。われわれが星系に進入したら襲ってくるつもりでしょう。惑星の軌道内ではリニア空間にはいるのがむずかしい。それを超重族も知っていますから」

アフラトはラスに目を向けた。

「それでもやるべきだろうか、ラス？」

テレポーターは決心をしかねて恒星ケンカントを見ていたが、

「第三の貯蔵惑星はオリンプだ。ソルモラよりも監視がきびしいはず。プロコシュ博士のいうことが百パーセント正しいとはいいきれない。だから、やってみるべきだと思う。警戒していれば、意表をつかれることはない」

アフラトは科学者を見た。

「博士の意見は？」

「もちろん、パロスとわたしに確信があるわけではありません。しかし、ほかに説明のしようがない。司令官はあなたです、アフラト。どうすべきか決めてください。まだ逃げられるし、その用意はできています」

「なるほど」アフラトは自動機器制御システムを作動させ、結果を待つ……ポジティヴ。

「緊急発進をプログラミングしておこう。そうすれば、数秒でここから消えられる。〝影〟は登場させない。幽霊に燃料が必要だとラール人に教えることはないから。ただちに乗員を緊急配備につかせよう。火器管制センターの人員は二倍に増員する」

赤い恒星は全周スクリーンの右端から消え、かわって惑星ソルモラがしだいに大きくなる。ほかの宇宙船の存在をしめすエコーはいまだにない。モニターには恒星ケンカントがうつっていた。

対探知の楯をはなれたら、敵がすぐに姿をあらわすのはわかっていた。しかし、敵の船は航行を開始する前に加速する必要があるのだ。だがSZ＝2はその間に充分にリニア空間にもぐりこめる。

＊

第一惑星はコースのはるか左にあった。第三惑星はすでにとおりすぎている。前方にリニア空間への潜入を侵害する障害物はなにも見えない。逃走経路は開かれていた。

巨艦内部の緊張がしだいに高まっていく。総勢四千人の男女が決断しようとしている。ラール人と超重族は、SZ＝2が惑星ソルモラに着陸するのを辛抱づよく待っているかもしれない。そこでいきなり、かくれ場を出て攻撃してきたら？

ラスがそう質問すると、アフラトは答えた。

「飛びつづける。それから減速し、惑星の夜の側に着陸するふりをする。敵にとっては奇襲をかけるのに絶好のチャンスだろう。こちらが向こうを探知していないと思っているからな。一時間待ってなにも起きなかったら、ラール人も超重族もいなくなったということ」

「二時間です」プロコシュ博士がいった。「敵を決して見くびってはなりません」

惑星ソルモラはますます近づいてきた。しかし、いまだにエコーが探知スクリーンにあらわれない。この星系にはほかの宇宙船どころか、SZ＝2の乗員以外に生命体さえいないように見える。

艦は惑星の夜の側をめざした。

アフラトは《ソルセル＝2》を巧みに明暗境界線まで操縦し、自転と速度をあわせた。恒星の上端がちょうど地平線上に見えている。遠くからだと、球型艦はちいさな隆起のように見えるはず。注意をひくことはない。高感度の探知装置なら恒星の一部だと判断するだろう。

だが、二時間はおろか一時間もたたないうちに……

探知センターが、待っていたエコーを知らせてきたのである。ちょうど五分がすぎていた。

最初の百隻が確認された。アフラトはプログラミングしておいた緊急発進のスイッチを押す。SZ＝2は加速しながら惑星ソルモラの薄暗い空をはなれ、ケンカント星系をあとにして宇宙空間に向かった。リニア速度に達したとき、敵艦はすでに四百隻になっていた。むなしい追跡を開始するつもりらしい。

「さぞ、腹がたつでしょうね！」司令室にやってきたドン・パロスが、「向こうが罠をはる。こっちはそれに気づいて、さらに裏をかく。じつにおもしろい！」

「おもしろくないぞ、もう惑星オリンプしかのこっていないのだから」と、エモシオ航法士。「アトランの助けなしでやれると思ったが、思い違いだったようだ。アルコン人がプロヴコン・ファウスト内に第四の貯蔵惑星をつくった可能性もある。そうなれば、この問題は解決するが」

「植民者の船にもどるか？」ラスはたずねた。

「そうしよう。グリタ・ヴェルメーレンが待っている。アトランから連絡があったかもしれない」

SZ＝2はリニア空間にもぐりこむ。追跡者の探知機器からは、球型艦の存在も期待していた戦果も永遠に消えた。

この作戦にみずから参加していたマイルパンサーは、ホトレノル＝タアクとの再会を恐れた。作戦失敗の結果報告をしなければならない。たいへん巧妙な計画のもと、万事ぬかりなく進めてきたのに、なぜ球型艦はこちらに気づいたのか？

いくら考えてもわからなかった。

プロコシュ博士という次元物理スペシャリストの存在が、その答えだったのだが……

5

SZ＝2がスクリーンから消えて、リニア空間にもぐった。グリタ・ヴェルメーレンは腹心の部下たちを司令室に集めると、前おきなしでいった。

「ただ待つのは時間のむだというもの。メラクソンがこのセクターの星図を分析して、状況を調べたわ。周辺五十光年内に恒星系が数百あり、惑星の八十パーセントはまずまずの生存環境を有している。きょうにでも出発して、新しい故郷を探しましょう」

ペルトン・ヴァスコスが立ちあがり、大声で抗議する。

「ラス・ツバイとセンコ・アフラトとの約束に反します！　この赤い恒星で待つといったではありませんか！　アトランも連絡を受けしだい、ここにくるはず」ヴァスコスはかぶりを振ると、「理解できません、地球の母！　あなたは決して約束を破らない人だった。なのに、いまは……」

「決めつける前に、いわせてちょうだい」グリタはヴァスコスの言葉をさえぎった。「船の格納庫には、スペース＝ジェット十機以上が出発準備をととのえて待機している。

偵察のためにね。メラクソンなら、有能な航法士を探すのも、空域を分けて徹底的な捜査を開始するのも容易でしょう。ハイパー通信はいっさい禁止。スペース＝ジェットの各責任者が三、四星系だけ調べればいいのだから、どの艇も五日でもどってこられるはず。航法ポジトロニクスがコースを記録するから、もう一度いくこともできる」

グリタはヴァスコスにすこし皮肉な笑みを向けると、

「これで満足？」

ヴァスコスはうなずき、

「最初からそういえばよかったではないですか、地球の母」と、つぶやいた。

「あなたがいわせなかったのよ。われわれはもちろん、対探知の楯にとどまるわ。バーキンスによれば、まもなく連絡係から報告がはいることになっている。ＳＺ＝２も数日中にはもどってくる。それまで、ラール人に発見されないといいけれど」

三時間後、スペース＝ジェット十二機が出発し、あちこちに散っていった。円盤型の小型宇宙艇をまかされた航法士たちは全員、みずからの使命をよく理解している。五日以上は時間がとれないのだ。

メラクソンは空域を振り分け、もっとも遠くにある星系を自分がうけもった。遠距離探知機が地球と似た惑星をしめす。スペース＝ジェットにはほかに男が三人同乗した。全員、懲罰惑星の生まれで、宇宙航行の経験はない。

とはいえ、ジェファースは通信機のエキスパートだ。ホラックスには探知技術を教えこむ必要があるが。もうひとりのパントローは食事係として、乗員の健康面を担当させることにした。

メラクソンの艇は、五十光年はなれたポジションでリニア空間を出た。探知スクリーンにエコーが発見されなかったので、ホラックスは安堵した。制御コンソール上の全周スクリーンに黄色い恒星が見える。ポジトロニクスでデータを集め、計測。三惑星がめぐっている。メラクソンは居住に最適な条件を有している第二惑星にコースをとった。

スペース＝ジェットは高さわずか十八メートル、直径は三十メートル。その探知機は、巨大球型宇宙船の探知システムが数百光年におよぶ到達範囲を持つのにくらべると、じつにお粗末だ。ほかの測定機器についても似た状況で、不充分な代用品にすぎないものばかりである。それなりの装備をした新モデルもあるにはあるが、メラクソンの艇は旧式だった。

そのせいで、予想外の出来ごとが起こったのである。

＊

安定した円軌道に達した。名もない惑星がゆっくりと眼下を回転している。すぐに着陸せず、すこし観察するほうが得策だろうとメラクソンは考えた。

パントローが軽食を持ってきた。透明キャノピーにぴったりと鼻を押しつけて外を見わたし、感激している。

「すばらしい、新テラよりも美しいぐらいだ！ ひろく青い海に多くの島が浮かんでいるし、植物が陸をおおっている。動物を見つけたら、おいしいステーキを焼いてみせますよ。山や川がたくさんある。まさに楽園ですね！ 地球の母はきっと、ここを見つけたことをよろこぶでしょう」

たしかにそのとおりだった。だれも反論しない。だが、メラクソンは知っていた……未知の惑星というのは、遠くからの眺めと実体が異なる場合が多いと。懲罰惑星のマイクロ図書館で多くの文献を調べ、とりわけエクスプローラー船団の報告を読みこんだので、ありがちな過ちがよくわかるのだ。

「たしかにすばらしい眺めだ」メラクソンは慎重にいった。「しかし、着陸前に分析結果を待たなければ。機器はわれわれの目より正確だから」

「文明の兆候らしきものは見えませんよ」と、パントローはつぶやいた。「町も道路も、なにもない」

メラクソンはため息をついた。

「それは問題ではない。エクスプローラー船の司令官のなかには、美しい幻覚にだまされ、二度ともどってこなかった者もいる。どれほど多くの探検隊が行方不明になったと思う、パントロー?」

コックは答えられない。

ホラックスがメラクソンに計測データをわたした。

「コックのいうとおりですね。この惑星には原始生物だけが存在しています。植物は豊富で、エネルギー放射はわずかなもの。地下には相当量の鉱物資源と、稀元素まであります。土地は肥沃だし、気象状況はこれ以上望めないほど。地球上に存在していたほんものの四季がある」

メラクソンは報告書に目を通した。パントローが正しいと認めざるをえない。しかし、心の奥底に不安がのこる。なにかが警告しているようだがはっきりしないという、曖昧な感情だ。それを無視するわけにはいかない。

「二、三度、周回してから着陸地を探そう」そういってから、なにか尋ねたそうな三人の視線に気づく。「いま地球の母にこの惑星のことを報告したら、納得するだろう。しかし、自分の目で見たことを報告すべきだ。データだけでは決定的とはいえない」

「わたしはさっきから、自分の目で見たことをいっていますよ」パントローが不満げにいった。

ジェファースはすべての周波に聞き耳をたてたが、なにも受信できなかった。グリタは半時間ごとに一秒間、高性能ハイパー通信装置から方位探知音を送るとあらかじめ決めていた。しかし、スペース＝ジェットの受信装置は感度が鈍くて聞こえない。だがすくなくとも、この見知らぬ星系内に、いま作動している通信機はないようだ。二度めの周回が終わる。それでもメラクソンはすっきりするどころか、前よりも不安が増していた。すべてがスムーズに運びすぎる。この名もない惑星はあまりに平穏なのだ。問題がないことで、かえって疑念が強まる。なにかおかしい。

「もう一度、質量走査機の結果を見せてくれ」メラクソンはそういい、ホラックスから結果をうけとった。

ジェファースは受信機のスイッチを切ると、

「なにも聞こえない」と、がっかりしたようにいう。

パントローはからになった皿を持って、調理室に消えた。

ホラックスはいった。

「いったい、いつ着陸するのですか？　延ばす理由がわかりません」

「不安なのはわたしだけか」自分自身に腹がたって、メラクソンは答えた。「エネルギー放射に関するデータをもう一度調べてほしい。それが自然界からくるものかどうかを知りたいのだ」

「ほかになにがあるというんです？」と、ホラックス。装置のスイッチをいれ、「鉱床の下には不安定な元素を持つ層もありますよ」

メラクソンは黙ったまま、とおりすぎていく惑星の表面を見つめた。自分の意見が多数決で否定されるのは時間の問題だ。ほかの三人が着陸に賛成ならば、したがうしかない。機器類までが反対しているのは決定的だ。

メラクソンはホラックスからデータをうけとった。データは自然界が発するものと一致。目だった変化も、不安のたしかな根拠もない。

「ジェファース、ロッカーからブラスターを出すんだ。ここに鍵がある。トランスレーターも念のために持っていこう」

すでに立ちあがっていた通信士は動きをとめた。

「トランスレーター？　木と話をするつもりですか？」

「原住種族がいるかもしれない」と、メラクソン。「いないというデータはない。だから武器も必要だ」

ジェファースは鍵をとると、出ていった。

メラクソンは制御コンソールを操作する。スペース＝ジェットは速度を落とし、呼吸可能な大気圏の最上層に突入。航法士はもっとも大きな大陸の平地に着陸しようとしていた。データ分析によると、そこが最適の生存条件である。近くの山に水源を発する大きな川が平地を分けている。エネルギー放射の大部分はその山から出ていた。

スペース＝ジェットが軟着陸したのは、人の背丈ほどの草におおわれた広大な草原だった。地平線のかなたに大木群が見える。ここに植民地を建設するとなれば、ブルドーザーが大活躍だろう。

キャノピーごしに見ると、たしかにいい眺めだ。平地を縁どるように立つ木々の梢まで見わたせる。

しかし、生えている草は背が高い。野獣が忍びよってきてもわからないだろう。

＊

進化はかれら原住種族に、必要なものをとりあえずあたえていた。あとはこれからの数千年間に脳が知性を育むのを待てばいい。まず、手が二本。指はまだ器用とはいえないが。次に、すばやく動く足が二本。おや指でものをつかむこともできる。毛におおわれた皮膚は冬の寒さから身を守る。主食とする動物にくらべれば、からだはずいぶんちいさい。頭から足の先までわずか五十センチメートルしかない。

天空に浮かぶ円盤が大地に降りたったとき、かれらは〝巨大な神々〟がふたたびやってきたと思った。しかし、神々を運んでくるには、円盤はあまりにちいさい。

神々は不定期にやってくる。原住種族とのあいだに、ある種の友情も生まれた。根底には恐れの感情がある。神々は毎回、価値ある贈り物を持ってくる。そのうちのいくつかは役割を持っていた。種族の数名が手にしているのは〝火を吐く槍〟。族長が神々からゆだねられたのは〝魔法の箱〟だ。族長は森の小屋で箱のボタンを押す。

原住種族は慎重に行動したので、草も動かなかった。円盤をとりかこみ、辛抱づよく待つ。やがて、円盤の下にある金属の脚のあいだで扉が開き、梯子が降りてきた。なかから、何者かがあらわれる。

驚いたことに、神々と同じくらいの大きさの巨人だ。もっとやせており、神々のように強そうには見えない。しかし、手には光るものを持っている。不信感のあらわれのような……

第二の巨人があらわれた。第三と第四の巨人も。

第三の巨人は胸に平たい箱をつけていた。

＊

原住種族たちがおたがいに話をしている。だが、なにをいっているのかわからない。ジェファースはトランスレーターのスイッチをいれ忘れていた。そもそもなぜ装置を持ってきたのか、それすら理解していなかったのだ。キャノピーごしには動物一匹見えなかったから。

最初に降りたったのはメラクソンである。パントローがハッチを閉めたあと、全員が草原に立った。つま先立ちしなければ、草むらの向こうの森は見えない。近くに丘がある。腐植土が岩を部分的におおっているようだ。あそこからなら、見晴らしがいい。メラクソンは黙って前方を指さし、歩きはじめた。ほかの三人もそれにしたがう。

スペース＝ジェットはそのままでも心配ない。ハッチを閉めると自動的に防御バリアが作動し、外界から遮断されるからだ。パスワードを知らないとバリアは解除できない。

＊

巨人たちがわきをとおりすぎる。地面に伏せていたため、気づかれることはなかった。ちいさな原住種族は、音をたてないようにあとをつけた。あえて襲撃はしない。もしかしたら、神々の友かもしれない。姿が似ている。

しかし、命じられたことはやらなければ。神々が判決をくだすまで、異人を捕らえておくのだ。神々はもうすぐやってくる。族長の魔法の箱が呼びよせたから。

＊

メラクソンは軽率だったと悟った。だが、ほかのメンバーたちに恥をさらしたくない。

優柔不断で慎重な性格がこれまでも三人の不興を買っていたのだ。手にはブラスターを持っている。これがあれば、血に飢えた猛獣の大群とだって互角に戦えるはず。

しかし、原住種族の小人の奇襲は四人に武器を使うゆとりもあたえなかった。あっというまに手足を縛られる。動くこともできないまま、高く茂った草むらのなかに転がされた。六、七人の小人がそれぞれのメンバーをかこむ。メラクソンは啞然とした。小人は全員、最新式のエネルギー兵器を携行している。

あの不安は正しかったのだ。

原住種族はしきりと話しかけてくるが、手を縛られているため、トランスレーターにスイッチをいれることもできない。それがあれば説明できるのだが。ブラスターもとりあげられた。

そのあと、かつがれて草むらから連れだされる。

＊

族長は〝巨大な神々〟を呼んだ。しかし、到着までまだいくらか時間がある。まずは、はこんできた異人をかくす場所を探した。四人は小屋にいれられ、見張りがおかれる。

メラクソンは縛られた手でトランスレーターを何度も指さした。前面のレバーを押しさげさえすれば、意思疎通がはかれる。小人たちのリーダーに身ぶりでしめすのだが、相手は不信感をぬぐえないようすだ。結局、メラクソンの望みがかなったのは、ほぼ一日がたってからだった。

話はなんとか通じたものの、族長は神々の命令だとくりかえすだけだ。異人を捕捉する命にしたがわなければ、恐ろしい罰がくだるという。

族長はためらいがちに〝巨大な神々〟について語る。驚いたことに、小人のいう神々とは超重族であった。ラール人の手下は、なにも知らない原始惑星の住民たちをおのれの目的のために利用し、みずからを全能の神々と称して、命令に絶対服従させていたのである。

メラクソンは族長を説得しようと試みた。しかし、小人は超重族に対してことのほか強い恐れをいだいている。

「神々を呼んだ。もうすぐくる」族長が黒い箱の説明をはじめた。簡易式のハイパー通信装置にまちがいない。方位探知の連続音が近くにいる超重族の艦を呼びよせるのだ。

「いまおまえたちを解放したら、神々になんと申し開きをすればいいのだ？」

「間違ってボタンを押す可能性だってあるだろう」メラクソンはわずかな希望をつなごうとした。「神々も全知ではない……あなたのいうのが本当に神だとしての話だが」

族長は立ちあがって自分の小屋にもどる前に、「見張りの者が「おまえたちをどうするかは、神々の判断にまかせよう」と、いった。

食べ物と飲み物を持ってくる」

ジェファースはメラクソンのところまで転がっていくと、

「縄をゆるめられるか、やってみましょう」

「すくなくとも、時間つぶしにはなるな」と、メラクソンは不機嫌に答える。「すぐにはじめてくれ」

小人が大きな器にはいった黴《かび》臭い粥《かゆ》状の食べ物を持ってきた。手が使えるように縄をゆるめるかと期待したが、思惑がはずれる。小人は有無《うむ》をいわせず捕虜の口に食事を押しこんだ。水を飲ませたあと、拘束の具合を慎重に調べる。

ふたたび、四人だけになった。パントローがこぼす。

「肉汁のしたたるステーキを楽しみにしていたのに……」

メラクソンはほかの心配をしていた。

「超重族がいつ到着するのかわからないが、できれば四、五日かかってほしいもの。そうなれば、地球の母はなにか起こったと気づくにちがいない。当然、われわれが死んだか、超重族あるいはラール人に捕らえられたと考えるはず。虜囚の口を割らせる方法がかならずあると知っているから、手遅れになる前に姿を消すだろう」

「で、われわれは?」ホラックスは小声でたずねた。

メラクソンは真剣な顔で、

「尋問のあと、懲罰惑星に移送される。地球の母が思いつくかぎりのポジションを捜索したとしても、われわれの移送先はまず見つけられないだろう。ほかの者を大きな危険にさらすことになるから、そういう行動に出ないよう祈るが。さ、ジェファース、縄にとりかかってくれ」

通信士のおかげで、縄は晩のうちに多少ゆるんだ。メラクソンの鬱血していた手にふたたび血が流れはじめる。空が薄明るくなったころ、やっと片手が自由になった。縛られた両手をさし出してくるほかの者たちにいう。

「逃げるのは夜になってからだ。ジェファース、もう一度わたしを縛ってくれ。見張りが気づかない程度にゆるく。今晩、決行しよう。夜中までに逃げださなければ」

その日はなにごともなくすぎた。食事が二回、水が三回あたえられ、一度は縛り具合を調べられた。しかし、族長は姿をあらわさない。

暗くなると、ジェファースはふたたび作業にとりかかる。二時間後に成功。メラクソンは大急ぎでほかの者の縄を解いたが、手をもとどおり使えるようになるにはあと一時間かかりそうだ。

見張りふたりが、立てかけてあるだけの扉の前にいた。エネルギー兵器にもたれかかっている。超重族があたえたにちがいない。武器はかなりの重量がありそうだ。小人があつかうには、全力を振りしぼらなければならないだろう。メラクソンはほかの三人にささやいた。

「ジェファースとホラックスは左にいる見張りをつかまえろ。パントローとわたしは右の男をかたづける。なぐって気絶させ、武器を奪うんだ。ふたりが意識をとり戻して仲間を呼び集める前に、森に逃げよう。方向はだいたいおぼえている」

襲撃は成功。見張りは声ひとつ出さずに倒れた。気絶したところを縛りあげ、さるぐつわをかませて小屋に転がしておく。失神状態がどのくらいつづくかわからないからと、メラクソンが強く主張したのだ。

見張りから武器をとりあげると、ほかの小屋のわきをぬけ、足音を忍ばせて森に向かった。はるか遠くに輝く星が木々のあいだから見える。ここをぬければ、草むらに出るにちがいない。

森が終わるところまできた。背後はしずまり返っている。草むらに分けいって進む。半時間後には人の背丈ほどあった草が低くなり、やがてなにもない荒れ地になった。地形はゆるやかな登りだ。

「丘だ！」メラクソンはほっとした。「ここまでくればそう遠くない」

しかし、道に迷ってしまった。方向の見当がつかない。丘から大草原を見おろしても、小人たちの小屋以外に目印になるものがないのだ。しかたなく、全員で地面にすわりこみ、夜が明けるのを待つことにした。

スペース＝ジェットはすぐ近くにあるにちがいない。

メラクソンは見張りをひきうけた。ほかの三人は睡眠をとる。航法士もやはり疲れに勝てず、うとうと寝てしまった。奇妙な夢を見る。夢のなかで

メラクソンは小人の村にもどり、そこで起こったことを〝外から〟見ていた。自分たちの逃亡が見つかり、拘束されていた見張りが発見される。小人たちにとり、逃亡者の追跡はたやすい。疲れはてて眠っている四人を見つけると、寝こみを襲い……

驚いて、すぐに目がさめた。あたりはすでに明るくなっている。あわてて仲間を起こし、出発をうながした。夢が現実になるかもしれない。

スペース＝ジェットはすぐに見つかった。キャノピーが草の上から数メートル出ていたから。なかにはいれば安全だ。力のかぎり走った。エネルギー・バリアがゆらめき、不法侵入者からハッチを防御している。メラクソンが息を切らしながらパスワードを叫ぶと、バリアが消えた。

ハッチが開く。

ジェファースとホラックス、パントローは急いで梯子をのぼる。メラクソンはゆっくりとまわりを見まわしながら、あとにつづいた。

森からつづく草がうねり、艇に向かってくる。原住種族たちはいつもの慎重さを欠いていた。一秒たりともむだにせず、逃げた捕虜に追いつこうとしていたから。

メラクソンは苦笑をこらえられない。しかし、すぐに顔が驚愕で凍りついた。開いたエアロックのハッチからジェファースの興奮した声が聞こえたのだ。

「通信シグナルです！　通常周波を使っています！」

通常周波は送信者がすでに黄色い恒星の星系内にいることをしめす。編隊を組んで飛んでいる船同士が交信している可能性がある。

超重族だ！

メラクソンは最後の数段を跳び越えて艇内にはいると、梯子をひっこめてハッチを閉めた。通廊に向かってどなる。

「プログラミングを！」大急ぎで内部ハッチを閉めると、コクピットに駆けこみ、エンジンを作動。興奮に震える指で緊急発進をプログラミングし、ボタンを押した。

スペース＝ジェットが全速で垂直上昇するのを見て、原住種族は驚きあわてた。武器を振りあげ、なにごとか叫んでいる。やがて、あきらめたのか森にもどっていった。

メラクソンはひそかに同情した。〝巨大な神々〟の命令にそむいたかどで、小人は超重族にきびしく罰せられるだろう。だからといって、かかわりあってはいられない。わが身の安全のほうが重要だ。

あと十分でリニア航程にはいる。

ジェファースは超重族同士の交信を解読しようと、トランスレーターのスイッチをいれた。暗号化はされていない。

「どうだ？」と、メラクソン。

安全圏まであと八分。

「まだ気づかれていません。しかし、小人が何者かを捕らえたことは知っているはず。すぐに探知されるでしょう」

「見つかる前にリニア空間にはいれるといいのだが。そっちはどうだ、ホラックス？」

「探知スクリーンのスイッチをいれたところです。エコーは三つ。おそらく、やつらでしょう。距離は……」ホラックスは装置の目盛りを正確に読んでいる。「五十万キロメートル」

スペース＝ジェットはエコーに向かって飛んでいる。有利な状況だ。こちらを追跡するとなると、超重族は百八十度向きを変えなければならない。それには時間がかかる。できるかぎり時間をかせぎたい。メラクソンは祈るような気分だった。

あと四分。

「見つかった！」通信装置の向こうからジェファースが叫んだ。「一隻は着陸態勢。あとの二隻がこちらに向かってきます。どうなりますか？」

「やつらがどのくらいすばやく向きを変えられるか、それによるな。あと三十秒ですれ違う。向こうは大きく旋回するか、一旦停止しなければならない。いずれにしてももう遅い。こっちのものだ！」

とはいえ、緊張の一瞬だった。近距離で二隻とすれ違い、そのさい、エネルギー兵器による攻撃をうける。だが、スペース＝ジェットは非常に小型で高速のため、命中は避けられた。追っ手を振りきったあと、メラクソンが告げた。

「五十秒でリニア空間に潜入する。十光年飛んだら、あらたにプログラミングしよう」

もちろん、超重族は十光年はなれても探知・追跡してくるにちがいない。しかし、そのときはふたたび、スペース＝ジェットは姿を消す。赤い恒星に到着すれば、対探知の楯が守ってくれる。追跡者は完全にシュプールを見失うだろう。

メラクソンは数分で新しいコースを正確にプログラミングした。植民者の宇宙船二隻から数百キロメートルのところでアインシュタイン空間に出る。

緊急制動をかけ、円軌道に乗った。すでに宇宙船に連絡していたため、格納庫ハッチが開いている。艇はハッチに近づいていった。

偵察に出た十二機のうち、最後の帰還である。

どの機も居住可能な惑星を発見していた。

しかし、その報告はあとまわしとなる。

船内の全探知スクリーンに大型球型宇宙船一隻があらわれたのだ。すでに一時間前、グリタ・ヴェルメーレンがハイパーカム通信でアトランの到着を告げていた。

男女四千人の長い放浪の旅は決定的段階にはいった。

6

SZ＝2は〝待ちあわせ場所〟までのリニア飛行を終えた。グリタ・ヴェルメーレンの宇宙船二隻は、艦に装備された高性能探知装置でも確認できない。赤い恒星によるバリア効果は抜群だ。だからこそ、センコ・アフラトは慎重になっていた。超重族が待ち伏せしている可能性もある。

球型艦は恒星に五光時の距離まで近づいた。ここなら緊急の場合、すぐリニア空間にもぐりこめるから。偵察のため、宇宙戦闘機の離陸準備をととのえる。超光速エンジンをそなえ、機体はわずか七メートル。この大きさだとかんたんに探知できないため、パイロットに危険はない。

ミルコグ少佐が偵察の許可を願い出た。アフラトはしばらく考えてから承諾する。老将校がその力を発揮できる最後のチャンスだろう。

SZ＝2は光速すれすれで赤い恒星をめざした。先行して、宇宙戦闘機が前進。戦闘機は探知スクリーンから数秒間消えたと思うと、またすぐにあらわれ、ふたたび消えた。

次に確認されたのは、ほぼ一時間後だった。通信シグナルも出さずにもどってきて、格納庫にはいる。アフラトはやきもきしていたが、少佐の報告を辛抱づよく待った。なにか理由があって通信装置のスイッチを切っていたのだろう。

ミルコグは椅子に腰をおろした。

「アトランはすでに約束ポジションに到着していました、艦長。宇宙船は三隻とも対探知の楯にはいっています。われわれも行きましょう。ただし、ここから五十光年のところに超重族の艦三隻が停泊しています。インパルスを受信したら、たちまち連中を呼びよせてしまうことに」

アフラトはうなずいた。

「了解した。こちらは正確な位置がわかっている。短いリニア飛行でこなせる距離だ。まずは対探知の楯を目ざしてふたたび潜入しよう。ありがとう、少佐。お手柄だ」

プログラミングはわずか三十秒ほどで完了。それから数秒後、赤い恒星がふたたび姿をあらわした。今回はごく近く、巨大に見える。

SZ=2の全周スクリーン上に宇宙船が三隻うつっていた。

そのひとつでアトランが待っている。

＊

アルコン人は連絡係から情報を得ていた。連絡係は全銀河系に配置され、かなり困難な条件のもとでも単身で使命をはたす。それによると、センコ・アフラトとラス・ツバイを乗せた超弩級戦艦が銀河系に到着したという。はじめは信じられなかった。なにしろ、百二十年間むなしく待ったのだから。

その後、〝地球の母〟についての情報が明らかになった。解放した捕虜たちとともに宇宙船に乗りこみ、プロヴコン・ファウスト以外のところに植民地を設立したが、超重族により追放されたものらしい。そのさい、謎のヴラトがはじめて実際に登場したという。テレポーターにしかできないわざだ。アトランは確信した……この衝撃的な報告が真実にもとづくものであると。さらなる詳細や正確な日時を調べるよう連絡係に命じ、二日後にくわしいデータを手にいれた。

このデータにより、事態が比較的はっきりと把握できた。アルコン人は提案された〝待ちあわせ場所〟に向かうことを決断。グリタ・ヴェルメーレン、および、ペリー・ローダンの前衛部隊に会いにいく。

球型宇宙船の出発準備をととのえた。

とはいえ、準備にはそれほど気を配らない。

自分のキャビンにこもり、あとは司令官にまかせた。コースも、それに必要なリニア航程もプログラミングされている。いまはプロヴコン・ファウストにいる新人類の過去と未来について考えをめぐらすときだ。

センコ・アフラトとラス・ツバイ、〝前衛〟ふたりが到着した。百二十年前、行方不明になった太陽系帝国大執政官の代理をつとめたことを思い出す。あのころはローダンの考えにそって行動したもの。やり方は違っていたかもしれない。異常な状況のなか、やむをえなかったのだ。

古い友と再会できるよろこびは大きい。それだけに、心晴れないものがある。自分の行動がつねに正しかったかどうか、確信できないのだ。ラール人に対するやり方がおよび腰だと批判の対象になっているらしい。プロヴコン・ファウストにも、はじめからそうした態度のテラナーがおおぜいいる。それでも、黙っていたほうがいいと思っているのだろう。仲間うちの不信を敵に知らせることはないから。

連絡係の報告で、ラス・ツバイがヴラトを演じたと知った。センコ・アフラトがSZ＝2を幽霊船にしたてたことも。それを聞けば、ふたりが自分と同じ考えを持っているのはたしかだ。しかし、気がかりは消えない。自分なりの理由はあるのだが。

心のなかに矛盾があるため、うまく言葉でいいあらわせない。自身の思うことが、宣言した目的と微妙に異なるのだ。意識下における疑念のせいで、意識がはっきりした結論を出せずにいる。こうなると付帯脳も助けにならない。動きを見せないことで不快感をあらわしているようだ。

深刻な問題はとりあえずおいておき、ローダンの生存をよろこぶとしよう。ほかのことはいつか自然に解決するだろう。どういうかたちをとるにせよ……

インターカムが鳴った。司令官からだ。

「十分で出発です、サー。司令室にきていただけますか？」

「すまないが、司令官。知ってのとおり、すべてプログラミングされている。わたしはここですることがあるのだ。最後のリニア航程にはいったら知らせてくれ。では！」

アトランはスイッチを切った。

＊

アトランが目的の赤い恒星に向けて出発したのは、未知の惑星で小人たちとの事件が起こる前である。球型宇宙船は慎重に接近していったため、超重族のパトロール艦に気づかれずにすんだ。艦がスペース＝ジェットを追跡しはじめたときは、すでに安全圏にいた。数分の差ではあったが。

恒星の近くではその放射により通信が妨害される。しかし、高性能通信機器が妨害効果を相殺するので、相手が接近してくれば受信状態は改善する。

グリタ・ヴェルメーレンはアトランを前に、おちついて気丈にふるまった。アルコン人に対しても対等に接しようとする。いまはローダンの代行ともいえるアトランなのだが。

「よくおいでくださいました」と、スクリーン上の長い銀髪の男に、「うまくつながりましたね。音声中継での雑音は不快ですが……こちらにいらっしゃいませんか？」

アトランはかすかにほほえんだ。

「提案があるのだが、地球の母……そう呼ばれているのだったな？　わたしの船にきてもらいたい。側近もいっしょに。あなたのことはすべて調べた。しかし、直接に聞きたいことがいくつかある。SZ＝2の到着はいつごろか？」

「わかりません。燃料を補給するそうです。本来なら、もうあらわれてもいいのですが……また〝影〟になって、ラール人を驚かしているのかもしれない。いいでしょう、わたしが行きます」

グリタはペルトン・ヴァスコスとともに搭載艇でアトランの船におもむいた。

挨拶はそっけないわけではなかったが、心がこもったものともいいがたい。たがいに握手をして椅子にすわる。アトランはふたりだけと話すことにし、三人でキャビンに向かった。司令室に通じるインターカムのスイッチは切られていたが、受信はできるようにしてある。

「地球の母、まずは説明してもらいたい。仲間を懲罰惑星から連れだすさい、なぜプロヴコン・ファウストに庇護をもとめなかったのだ？　わたしのところなら、安全だったのに」

グリタは目をしっかりと見開いてアトランを見つめた。

「正直にいえば、考えがあわないことが多いからです」

アトランは眉をつりあげた。

「たとえば？」

「あなたは一度もラール人の懲罰惑星で生活したことがないし、そこで生まれたわけでもありません。ペルトン・ヴァスコスならくわしく話せるでしょう」

アトランはうながすようにヴァスコスにうなずいてみせた。

「わたしはある懲罰惑星で生まれました」と、ヴァスコスはためらいがちに話しはじめた。「地球の母がやってきて脱出希望者を募るまで、そこで暮らしていました。地球の母は独自の植民地を設立するため、人員を必要としたのです。われわれは自由になりたかった。そこで、関心が一致したわけです」

「質問の答えになっていない、ヴァスコス。あなたたちはなぜ、プロヴコン・ファウスト、つまりＮＥＩのところにこなかったのだ？」

グリタがすばやく口をはさむ。

「ラール人はわれわれの敵です。敵とは戦うもの。プロヴコン・ファウストではテラナーが全員引きこもっています。わたしから見れば、戦いに疲れ、敵と和平を結ぼうとしている。平和に反対なのではありません。しかし、服従したくない人もおおぜいいるのですよ、アトラン。わたしの考えはあなたに理解できないかもしれません。あるいは、こちらがあなたの意図を完全に読みとれていないのかもしれません。いずれにせよ、われわれは自由でいたい。何者にも依存せずに生きたいのです。超重族に見つかったのはまったくの偶然です」

「また見つかるとも。ラール人は計画的に全銀河系をくまなく捜索している。遅かれ早かれ、居住惑星にはパトロール艦が巡回してくるのだ。だからこそ、われわれはプロヴコン・ファウストの奥深くにひそんだのだよ。そこならば、比較的平穏でいられるから。移住できる惑星はまだ充分にある。もう一度考えなおしてはどうかね」

「考えてみます……ラス・ツバイとセンコ・アフラトがもどってきたら」

アトランはうなずいた。

「それがいい。本当なら、もうもどっているはずなのだな?」

グリタは話題が変わったのでほっとして、

「先ほどいったとおり、SZ＝2は燃料を補給する必要がありました。銀河系の状況はあなたがよくご存じですから到着を待ちたかったのですが、時間をむだにしたくなかったのです。向かった先はヴェガ星系か惑星ソルモラ、あるいは惑星オリンプかもしれません。ラス・ツバイは五日でもどるといっていたのですが、その期限はすぎました」

「聞くところによると、貯蔵惑星はラール人がきびしく監視しているそうだ。うまくいくといいのだが……罠にはまる可能性もある」

「忠告はしておきました」と、グリタはつぶやいた。

インターカムが鳴る。

アトランは立ちあがると、受信機のスイッチをいれた。司令官の顔がキャビンのちいさなスクリーン上にあらわれた。

太陽系艦隊の少佐を乗せた宇宙戦闘機が対探知の楯にはいったという。アトランとの話しあいを希望しているらしい。

アルコン人は了解し、乗員ふたりが少佐を連れてきた。驚いたことに、すり切れた制服を着用している。はるか昔に姿を消した艦隊のものだ。老将校は敬礼をした。

「お目にかかれて光栄です、サー」少佐はそういうと、アトランに手をさし出した。

「ここから五光時のポジションでSZ＝2が待機しています。われわれ、計画を遂行できませんでした」グリタに探るような目を向け、「あなたは情報を得ているのでは？」

「すわってくれ、少佐」と、アトラン。

「ミルコグです、サー。太陽系帝国の警備艦隊所属です」

アトランはほほえんだ。

「ずいぶん昔の話だ」身を乗り出すと、「ローダンは元気にしているのか？　なにが起こったのだ？」

「申しわけありませんが、サー。それについてはセンコ・アフラトが報告したほうがいいと思います。艦長を出しぬきたくありません。わたしの任務は、こちらがすべてうまくいっているとSZ＝2に伝えること」

アトランはミルコグ少佐に、超重族の艦三隻がすでに五十光年のポジションまできていると告げた。エコーはすべて捕らえられてしまうため、すぐに通信を停止するようにすすめる。ミルコグ少佐はこれをSZ＝2に知らせるべく、ただちに出発した。

十五分後、《ソルセル＝2》があらわれた。

＊

宇宙船四隻は安定した円軌道に乗り、赤い恒星のまわりをめぐっていた。計器による発見はもう不可能だ。偶然に見つかる可能性もあるが、超重族がよりによって惑星を持たない恒星を探しにくるとは考えられない。周囲五十光年に、惑星を持った恒星が数百もあるのだ。手あたりしだいに探したら数年はかかるだろう。しかし、考えられないことが起こったなら、向こうが優位に立つ。

アトラン、センコ・アフラト、ラス・ツバイは古くからの友である。三人のあいだでかわされた挨拶はたいへんに心のこもったものだった。百二十年間会わなかったのだから、無理もない。アルコン人とテレポーターは細胞活性装置のおかげでほとんど変わっていない。しかし、エモシオ航法士は年とって見える。まだ行動力がみなぎっているし、健康ではあるが。

　アフラトはアトランにくわしく話した。百年以上前に起こった転送の失敗のあと、地球と月がどういう運命をたどったか。そのあと、巨船《ソル》について語る。ＳＺ＝２はその一部分であり、母船から分かれて長い旅を単独でつづけてきたのだ。

　ローダンとその同行者については曖昧なままにしておいた。

「ローダンはいつの日か惑星ラスト・ストップからの脱走に成功すると思います。故郷銀河の座標を知っていますから。しかし、あまり長くかかるようなら、救出に向かうことも考えなければならない」アフラトは咳ばらいをして、「ところで、銀河系ではなにが起きたのですか、アトラン？」

　アルコン人は簡潔に説明しようとつとめた。説得力を増すため、自分の行動の根拠を巧みに織りまぜる。新しい同盟の設立について触れることも忘れなかった。はじめて、銀河系の諸種族がひとつになったのだから。

　そのあと、ヴラトについて語った。

「この伝説が以前からあったのは偶然ではない。あらゆる神話の起源には理由がある。ラール人による抑圧から自由でありたいという願いが、ヴラトをつくったのだ。あちこちでセクトが誕生しているようだが、これを禁止するのは近視眼的なやり方だと思う。しかし、悪影響を完全に排除することもできない。ヴラトはローダン以外の何者でもないと思えるようになってきたからな」

「なぜ、それが悪影響なのですか？」ラスは驚いてたずねた。

「失望に通じる希望は危険だからだ。ローダンが生きて帰ってくる見こみがあるのか、わたしにはわからない」

「生きて帰ってきますよ。われわれ、たしかに幽霊ごっこでヴラト信仰を強め、テラナーにある程度の希望を持たせようとしました。しかし、その成果はだれもが認めざるをえないはず」

アトランは無表情のまま、

「それでもわたしの考えは変わらない、ラス。ヴラトはもはや、テラナーを動かす正しい方法ではない。われわれ、ラール人とうまく折りあっていく道を見つけたのだ。抽象的なスローガンは罪もなく美しいが、公会議のような権力を黙らせるにはふさわしくない。それに、われわれはGAVÖKを設立した。これは銀河系諸種族に強い結びつきをあたえるという点で明確な意義を持つ。いつの日か、公会議に敢然と立ち向かえるかもしれない」

ラス・ツバイはふたたび、不快感のようなものを感じた。意見が違うからではない。

アトランにとり、ペリーの帰還はもはや重要ではない……そういう気がしたのだ。連帯感や友情が消えたわけではないだろう。ほかに理由があるにちがいない。

しかし、どのような？

あえてたずねなかった。アトランは先をつづける。

「くわえて、新開発のマルティ・サイボーグがある。すでに人類のため、任務をはたした。ただの神話よりも具体的だし、信頼できる。そのおかげでNEI、つまり、新アインシュタイン帝国が生まれたのだ」

ラスは無言である。百二十年間に多くのことが変わったと予想はしていた。もしかしたら、アトランが正しいのかもしれない。自分やアフラトよりも状況をよく知っている。しかし、それならなぜ、ペリーと同一視されるヴラトに嫌悪をしめすのか。公会議やラール人以外に、ローダンの帰還をじゃまするものがいるのだろうか？

さらに疑念が浮かぶ。〝新人類〟たちは、ローダンをふたたび指導者としてうけいれ、大執政官に選ぶつもりなのか？ それとも、すでにアトランが決めたあらたな道を歩いているのか？

そのとき、ラス・ツバイは苦悩から救われた。センコ・アフラトがもっとも重要な話題を口にしたのだ。

「貯蔵惑星を偵察してみましたが、ふたつは近づくこともできませんでした。燃料がもうすぐ底をつきます。接続されている燃料球が最後で、ストックはありません。惑星オリンプの警備がほかの二惑星ほど厳重でないことを祈るしかないのですか？」

アルコン人はすぐには答えない。考えこんでいるように見えたが、実際はまったくべつのことが頭にあった。その貴重な燃料球が、プロヴコン・ファウストには存在する。第四の貯蔵惑星がすでにあるのだ。ポジションをアフラトに伝えることもできる。しかし、アトランはそれをしなかった。

理由がある。

新人類はローダンと行方不明の地球がどうなったか、なにも知らない。ローダンの帰還が現実のものとなったことも。知ったら大混乱が起きるだろう。自分の計画がだいなしになるかもしれない。正しい道は、公会議をいつの日か銀河系から排除すること。そう考えたなら、目下のところローダンは計画のじゃまになるのだ……矛盾しているようだが。

それをアフラトとラスに説明して、納得させることができるか？

不可能だ！　ふたりには決してわからない。

「それしかないな」アトランは友ふたりの視線を強く感じ、口を開いた。「陽動作戦をやってみてはどうか？　方法はまだ考えていないが……力になれるなら、なんでもしよう。それとはべつに問題がある。わたしにとっては重要な問題だ。グリタ・ヴェルメーレンと植民者四千人が、プロヴコン・ファウストへの移住を拒んでいる」

「なぜ？」と、ラスは驚いてたずねた。

NEIの大行政官は探るような目を向ける。

「おそらく、ラール人に対するわたしのやり方をうけいれられないのだろう。しかし、ヴェルメーレンの計画は無謀だ。遺憾ながら、超重族は定期的に巡回する。どの星系にいても遅かれ早かれ順番がくる。一星系の巡回は、ときとして数十年もつづくのだ。避けることはできない」

ラスは身を乗り出すと、

「すでに巡回を終えた星系なら？」

アトランはため息をついた。

「どういうことだ？　数十年が経過することと植民地建設になんの関係がある？」

「地球の母からメラクソンの冒険を聞いたでしょう。小人の惑星は超重族による巡回を終えました。つまり、やつらはしばらくこないということ！」

「なるほど、わかった！　しかし、不安ものこる。通常の巡回ではなく、超重族は通信装置により〝特別に呼ばれた〟のだからな。惑星に着陸しようとすれば、ふたたびそれがくりかえされるかもしれない」

「着陸の前に、装置を動作不能にしなければなりませんね」

「先発隊をひそかに送りこむと?」

「そのとおりです」

ふたたびアトランは考えこんだ。これで、アフラトとラス・ツバイの注意を本来の問題からそらすことができるし、時間かせぎになる。オリンプに向けてすぐに出発するのは不可能となるだろう……

「地球の母と話してみよう」アトランはいった。

7

グリタ・ヴェルメーレンはその提案に乗り気だった。

「メラクソン少佐によれば、すばらしい惑星だとか。原住種族はいるものの、場所は充分あるそうです。超重族と連絡をとるのは族長だけなので、方位探知音を送る通信装置はひとつしか存在しないはず。われわれにとって大切なのは、この先の数十年間、自由でいられることとです」

「プロヴコン・ファウストのほうが安全かもしれないぞ」アトランはくりかえした。

地球の母はかぶりを振った。

「わたしの考えをご存じでしょう。それを貫きます」

アトランはため息をつく。

「ま、いいだろう。で、どうするつもりかな？」

グリタはミュータントを見つめて、

「ラスがわれわれに力を貸してくれるのは、植民者のなかにアフロテラナーが多いからでしょうか。いずれにせよ、協力してもらえそうですから、こういうやり方はどうでしょう。宇宙船四隻は対探知の楯にのこしたまま、メラクソンと部下三名がラスとともに小人の惑星に向かう。もし、超重族のパトロール艦がいたら、ふたたび姿を消すか、見当違いのシュプールにおびきよせる。そのあと、ラスは通信装置のスイッチを切り、作戦成功を短いハイパー・シグナルで知らせる。これで探知は不可能になります」

アトランはいつもよりすばやく決断をくだした。

「なるほど。超重族がその星系を巡回から除外したのはまちがいないが、それでもハイパー・シグナルが発信されなかったら……相手のやり方は心得ているつもりだ。宇宙船四隻でそこへ飛ぶ。黄色い恒星を掩体《えんたい》にして、しばらくとどまらなければ。超重族に逆探知される可能性も排除できない」

作戦開始を間近にして、討論がつづく。喫緊《きっきん》の問題が話に出てこないので、アトランはほっとしていた。

＊

メラクソンはスペース＝ジェットの操縦システムの前にすわっている。ジェファースは通信機器、ホラックスは探知機の担当だ。パントローはちいさな調理室で忙しく作業している。

ラスだけはなにもせずにいた。

〝影〟になるための宇宙服をふたたび身につけている。原住種族の小人の前に効果的に登場するのだ。幽霊現象で超重族も追いはらえるだろう。ヴラトを迷信的に恐れているらしいから。

スペース＝ジェットのようにちいさな物体をスクリーン上に捕らえるのは、超重族の高性能探知機でもむずかしい。メラクソンは黄色い恒星から二光時のところでリニア空間から出ると、亜光速で飛行をつづけた。ホラックスは計器の向こうで悪戦苦闘している。スクリーンになにもうつらないのだ。

拡大すると第二惑星がはっきりと見えてきた。メラクソンのいったとおりだとラスは思った。この惑星はパラダイスのようだ。

「交信はありません」と、ジェファースが報告。

闇が迫っていたが、着陸場所の草むらはすぐに見つかった。いまは惑星の夜の側にある。好都合だ。族長は眠っているだろう。小屋のなかにハイパー通信装置があるはず。

「いっしょにいってもいいですか？」パントローが湯気のたつ鍋を持ったまま、期待に満ちた目でラスを見つめる。「一度もテレポーテーションしたことがないんで」

「皿でも洗っていろ！」メラクソンがどなった。「夜だからどっちみちなにも見えない。そもそも、どの小屋に族長がいるかおぼえているのか？」

「正確におぼえています！　われわれがいた小屋から二十歩はなれていました。族長がやってくるときに、足音を数えましたから」

「しかし、小人だぞ！」ジェファースが口をはさんだ。

ラスはつまらない論争を終わりにしようと、

「十メートルぐらいだろう。実際、だれかいっしょにいってもらわなければ。わたしは小屋も、村があるところも知らないのだ。パントロー、きみが望むなら反対はしないが……」

鍋はそれがあるべき場所、つまり調理室にもどされた。

「決まり！」と、コック。

パントローが目を閉じてふたたびあけると、そこは森のはずれ、小人の村から数百メートルのところだった。原住種族と意思の疎通をはかるため、胸にトランスレーターをつけてきている。

しばらく探すと、小屋へ近づく小道があった。星々の弱い光のもと、監禁されていた小屋を見つけるのはむずかしい。しかし、ついに見つけた。

「その向こうが族長の小屋にちがいありません」と、コック。「見張りはいませんね」

「必要ないだろう、捕虜がいないのだから」ラスは軽く切り返す。「ここにいてくれ。わたしひとりで行ってくる。姿が見えなくなっても驚くなよ。小屋にテレポーテーションするから。そのほうが効果的だ。明かりが見えるが、松明《たいまつ》だろうか？」

「たぶん。エネルギーは使っていないはずです」

ラスはパントローの肩をたたくと、小屋のなかにテレポーテーション。用意しておいたデフレクター・バリアのスイッチをいれる。再実体化した四角い部屋には、簡素な寝床、木製のテーブルと椅子二脚、暖炉がある。その火であたりは明るく暖かい。

族長はテーブルの上にあるハイパー通信装置を見つめていた。ただの小ぶりな箱に見えるが、違う。ボタンひとつ押せば、休みなく方位探知音を送信し、超重族を呼びよせるのだ。

ラスは慎重に一歩近づく。族長が顔をあげ、前に立っている大きな影に驚いて目を見開いた。黒く、輪郭のぼやけた顔がこちらを見おろしている。

ショックで麻痺したようになり、箱のボタンを押せない。ショックから立ちなおったときはすでに遅かった。

不気味な影が音もなく近よってきて、箱をテーブルからとりあげる。開いている扉から外の闇に向かってだれかを呼んだ。あらわれた人物を見て、思い出した。逃げだした捕虜のひとりだ。そのおかげで、神々の怒りを買ったのだ。

パントローはトランスレーターのスイッチをいれた。ラスが口を開く。

「おまえたちの神々はにせものだ。この箱さえなくなれば、もどってきておまえたちを罰することもなくなる。恐れる必要はない。われわれは友だ。すぐに空から大きな船がやってくる。乗ってきた者たちはここにとどまり、おまえたちを助ける。だから、友のように迎えるのだ。わたしはやってきた星に帰る」

族長はそのまま身動きもせずに考えた。こんどこそ本当の神にちがいない。見えないと困るから、影というかたちをとっているのだ。それができるのは神しかいない。いずれにせよ、あの不格好な巨人より神らしい。巨人は大声でしゃべるから、耳をふさがなければならない。

やっと声を出す。

「いうことを聞いたら、われわれを守ってくれるのか？」

「この男の友が守る」ラスはそう答えると、パントローを指さした。「わたしがもどってくるまで話をしていなさい」

ミュータントはすでに着陸していたスペース＝ジェットにテレポーテーション。制御コンソールの上にそっとハイパー通信装置をおく。

「動作不能にしてくれ、ジェファース。慎重にな！　これがインパルスを出さないかぎり、だれもこの星系のことは気にかけない」

「やってみましょう」ジェファースは箱の板をひとつはずし、なかを見てうなずいた。ちいさなリールのようなものをひきぬく。「これでもう方位探知音を出しません！」

「すばらしい」と、ラス。「パントローを連れてこよう」

コックは族長とテーブルをはさんですわっていた。ふたりのあいだにはトランスレーターがある。ラスは〝影〟となってもどった。

族長はもう驚かず、話をつづける。

「森の向こうの一帯は肥沃で、川から水がひける。山も近い。野生動物がたくさんいて、狩猟ができる。われわれはいい隣人になるだろう」

「こちらは道具を持ってくる。病気を直す薬も。生活を楽にするものがほかにもたくさんある。われわれ、ただの隣人でなく、友になるんだ」と、パントロー。

ラスはパントローに腰をあげるよう合図した。決め手となるデモンストレーションのチャンスだ。立ちあがったパントローの手をとると、族長に向かっておごそかに、

「全種族間の平和を望む真の神々の意志にしたがうのだ。おまえはやせた巨人と友情を結び、その恩恵に浴するだろう。神々がおまえたちを守る。朝になったら、このよろこばしいメッセージをほかの者に伝えるのだ。ではごきげんよう、族長……」

テレポーターはコックとともに非実体化し、消えた。

小屋のなかにのこったちいさなヒューマノイドは、この出来ごとを決して忘れないだろうと思った。子孫に語り継ぐのだ。新しい神話になるまで……

「この目で見た」族長はつぶやき、まだ赤い暖炉の灰を見つめた。「この目で見た。き

っとわれわれを守ってくれる……」

＊

「探知機の到達範囲はどのくらいだ？」スペース＝ジェットが第三惑星の周回軌道を越えると、ラスはたずねた。

「せいぜい五十光年でしょう」ホラックスは答えた。「もしかしたら、もっと狭いかもしれません」

「エコーは？　このあたりを徹底的に調べるんだ。超重族のパトロール艦がいないかどうか確認する必要がある」

「いまやっているところです」と、ホラックス。

メラクソンは制御コンソールの前にすわった。ラスは隣りに腰かける。

「地球の母のところにもどりますか？」メラクソンがたずねた。

グリタ・ヴェルメーレンのことだとわかっていても、胸が痛む。〝地球〟と聞くと、悲しい記憶がよみがえってくるから。

「すぐにではなく、一リニア航程後だ、メラクソン。まずは光速をたもち、探知の結果を待ちたい。ホラックスがエコーを捕らえたら、なんらかの処置を講じないと、善良な小人たちがひどい目にあう」

全探知に一時間以上かかった。結果はネガティヴ。

「まだ百パーセント安全ではありません、ラス・ツバイ。数ある恒星のどれかにパトロール艦隊がかくれたのだとしたら、エコーは捕らえられない。ひとつずつ飛んでいって、探知しなければならなくなります」と、メラクソン。

「もう時間がない。きみのいうとおりだとしたら、相手もこちらを探知できないはず。超重族にそなえてカムフラージュする必要はないだろう。敵にとり、このセクターはいま問題ない状態だ。逃亡者四人のことは耳にはいっているだろうが、できるかぎり遠くに逃げると考えるにちがいない。プログラミングを。コースは赤い恒星……」

＊

アトランとセンコ・アフラトはふたたび話をしていた。アルコン人はエモシオ航法士に、百二十年のあいだに銀河系でなにが起こったのかを語った。だが、テラナー解放計画をあやうくしないため、あえて話さなかったこともある。

アルコン人の目的は、絶大な権力を持つ公会議から銀河系全種族を解放すること……人類だけでなく。

だからこそ、ラール人の手先である超重族と話をつけたいのだ。

帰還後のローダンも同じ目的を持つにちがいない。しかし、やり方が違うだろう。まずは自分の選んだ道を進むことにする。

アフラトによれば、消えた地球はその後、数奇な運命をたどったという。新しい恒星の公転軌道に乗ることには成功したが、恒星の放射でアフィリーが生じたと。

アトランはこの奇妙な変化をなかなか理解できなかった。わずかな例外をのぞき、アフィリーはすべてのテラナーを襲ったらしい。ローダンは《ソル》の建設をなんとかまにあわせ、未知の世界につき進むため、地球をはなれたという。

それから四十年がすぎた。地球がどうなったか、だれも知らない。レジナルド・ブルは冷酷な独裁者となり、テラにとどまっているのか？　愛をなくした人間社会は、いまも〝警察国家〟に統治されているのだろうか？

知りたいことはたくさんあるが、答えはない。

話しあいはスペース＝ジェットの到着で中断された。ラス・ツバイが報告にあらわれる。それが終わると、アトランはいった。

「これでグリタ・ヴェルメーレンと植民者たちにゴーサインが出せる。これからの運命は自分たちで切り開いてもらうが、宇宙船二隻が植民惑星に着陸するまでは、ここから探知機で見守ろう」

別れの場面は思いのほかあっさりしていた。グリタはアトランの申し出に感謝し、出発命令を出す。宇宙船二隻は周回軌道をはなれて速度をあげ、リニア空間にもぐった。

ほとんど同時に、SZ＝2から報告がはいった。三十光年のポジションでエコーが三つ探知されたという。センコ・アフラトはラスに非難めかした視線を送る。テレポーターはいった。

「超重族だ、やっぱり！　どこかの恒星にかくれていたんだな。植民者の船が見つかってしまう。打つ手は……」

エモシオ航法士はうなずいて、アトランのほうを向いた。

「実証ずみのやり方でかたづけるのがいいと思います。超重族は幽霊船とヴラトをひどく恐れていますから……」

「前より二隻多い」アトランが口をはさんだ。「超重族に交信のチャンスをあたえてはならないぞ」

「すばやくやりましょう」と、アフラト。ラス・ツバイとともにSZ＝2の司令室にテレポーテーションする。一分後には航行開始。

あまりの迅速さに、アトランは不意打ちをくらったように感じた。しかし、センコのやり方は理にかなっている。超重族のパトロール艦に見つかれば、すべて終わりだ。

アトランは司令室で探知スクリーンを見ていた。船は周回軌道から横に向きを変えている。高性能の探知機があれば、三十光年はたいした距離ではない。

エコー三つをはっきり確認できた。対探知の楯にしていた青い恒星をはなれて通常空間にうつり、敵の出現を待っている。それが破滅につながるとも知らず。

スクリーン上にもうひとつエコーがあらわれた。SZ＝2だ。

それから先は展開が速すぎて、経過を目で追えない。

最初に見つかったエコー三つが猛烈な勢いで膨らみはじめた。光度が下がり、やがて透明になる。まるで、星々の一群が爆発して消滅するように。

のこったひとつのエコーがスクリーンの端に向かって動き、唐突に消えた。アトランは対探知の楯にもどるよう司令官に命じ、キャビンに向かう。

超重族の三隻が全滅したのはまちがいない。ほかに方法がなかったのだ。

SZ＝2はすぐにもどってきた。ラス・ツバイはセンコ・アフラトとともにキャビンで再実体化。テレポーターはエモシオ航法士に経過の説明をまかせたあと、ひと言つけくわえた。

「敵に交信する余裕はありませんでした。われわれの出現に驚き、身動きできなかったのです。安全だと思いこんでいたのでしょう、防御バリアさえはっておらず、数秒でかたづきました」

「わかった」アトランはしずかにいった。「超重族は助けを呼ぶこともできなかったわけか。しかし、パトロール艦は正確にプログラミングされたコースを飛んでいる。三隻がもどってこなかったら、消滅した時点まで追跡されるぞ」

「その時点を知られることはありません、アトラン。ジェファースがハイパー通信装置をふたたび動作可能にしました。ここから五百光年のポジションにある未知の惑星で動作させるのです。それが見つかれば、パトロール艦三隻は原因不明のまま、プログラミングされたコースからはずれて消滅したと判断される。ヴラトと結びつける者も出てくるでしょう」そういうと、ラスは話題を急に変えた。「われわれ、いつ惑星オリンプに出発するのですか、アトラン？」

アルコン人はミュータントの次の質問も予測していたが、とりあえず答えた。

「いますぐだ、ラス。わたしはSZ＝2にうつる。自分の船は送り返そう。きみたちを手伝い、オリンプに向かう安全なコースをプログラミングするつもりだ。まわり道になっても、危険はさけねばならない」

「あまり大きなまわり道はできません」アフラトは燃料切れが迫っていることをほのめかした。

「多くの場合、考えぬかれたまわり道は時間とエネルギーのむだをはぶくもの。近道が破滅につながることもある」と、アトラン。

「まったくそのとおりです」ラス・ツバイは賛意をしめしながらも、心のなかでは自分がテレパスでないことをくやんだ。

アトランの真意を知りたい。なぜ、SZ＝2に同乗するというのか？　一隻よりも二隻のほうが安全なことはわかりきっているのに……

しかし、ミュータントは疑問を頭から振りはらった。アルコン人は味方だし、だれよりも状況をよく知っているのだから。

アフラトは立ちあがってアトランと握手をかわし、テレポーターのわきに行った。

「向こうに運んでくれ、ラス。最初の航程をプログラミングする。腹も減ったし……」

アトランはふたりが非実体化するのを見とどけて、準備にかかった。

SZ＝2にひとりで乗りこむつもりはない。古くからの友を数名連れていくのだ。ラス・ツバイは驚くだろう。だれなのか思いだせないかもしれないが……すくなくとも、すぐには。

あとがきにかえて

増田久美子

また〝行きたくてドイツ〟をやってしまった。さすがに二週間というわけにはもういかず、正味一週間。それでも、やりたいこと（その時点での）は全部やってきた。今回の主な目的は墓参り。ウルム市近くの墓地だ。昨年友人が亡くなった。いろいろと世話になったが、なんの恩返しもできなかったし、葬式にも行けなかった。それなのに、現実はただメールがこなくなっただけ。彼女はもうこの世にはいないのだと、自分に納得させたかったのだ。墓石に手を置いてその冷たさをしっかりとからだに染みこませた。あの世で会うしかない。

そして、毎回のように訪れているパーダーボーンまで北上。ノルトライン・ヴェストファーレン州東部の人口約十五万人の都市だ。デュッセルドルフから列車で二時間十分ほど。飛行場もある。中心部近くに二百以上のわき水があり、それがパーダー川となって市内を流れている。このパーダー川はドイツで最も短い川だそうだ。全長四キロメートルほどでリッペ川に注ぎ込む。川沿いの道は散策にうってつけで、水のせせらぎと緑の美しい場所だ。市の公式ウェブサイトによると「水の街」(「水の都」は少しいいすぎだと思うので)とも呼ばれるらしい。

外国からの観光客が押し寄せるような観光スポットはないが、歴史の古い、静かな町である。なんでも、七九九年にカルル大帝がローマから逃げてきた教皇レオ三世をこの地に迎え入れたことから、神聖ローマ帝国発祥の地だそうだ。町の中心に大聖堂が聳えている。緑の尖塔と屋根が美しい。リボリという守護聖者の祭りのときには旗がはためく。かつてカール大帝が教皇レオ三世と会った年に現在の場所に大きな教会を建てさせたそうだ。いまのような姿になったのは十三世紀ごろらしい。

この大聖堂の中庭の回廊に有名な〝三羽のウサギ窓〟がある。大きな標識が立っているわけでもなく、知らなければそのまま気づかずに通り過ぎてしまいそうだ。しかし、大聖堂のウェブサイトには〝必見〟とあるし、市のシンボルマークにもなっている。ゴシック様式の窓の飾りに輪になった三羽のウサギが描かれているのだ。それぞれのウサギの耳はふたつに見えるのに、実際には耳は全部で三つ。それを三羽で共有している。ちょっとだまし絵のようだ。このモティーフは十二世紀ごろから中央ヨーロッパ文化圏でしばしば見受けられたようである。パーダーボーン大聖堂の窓は十六世紀のもの。しかし、これほど大きくはっきりとしているものは珍しいということだろうか。インターネットで画像を探したが、ほかのものはほとんど見つからなかった。

初めて見たとき、とっさに月を思い浮かべた。ウサギといえば月だが、それはこちらのステレオタイプな発想だろうと思っていた。ここはヨーロッパ、その文化の代表、大聖堂の窓である。だから、不思議な違和感を持つのは当然だろう、と。ほかの聖堂内の飾りと比べるとやさしい安心感がある。円を描いているからだろうか。丸い月と形が一致したからだろうか。正面入口とは違って、あまり人影もないところで三羽のウサギが飛びはねている。

むかしからヨーロッパではウサギは目を開けたままで眠るというので、警戒心のシンボルでもあったようだ。また、多産であることから豊穣のシンボル、キリスト教では従順のシンボルだともいう。しかし、三羽が輪になり、その三つの耳が三角形を形作るモティーフはどうなのだろう。キリスト教の三位一体を表わしているという説もあったが、四羽のモティーフも存在するということで、いまは太陽、あるいは月の周行を表わすという説が主流だそうだ。円を描いているので、神の永遠性のシンボルとして飾られる、ともいわれる。

理由づけはともかく、見れば見るほど魅力的なモティーフだ。神秘性さえ感じる。一羽のウサギに注目すれば、確かに耳はふたつ。しかし、別のウサギに注目すれば、耳はひとつ。視点はぐるぐる回る。まるで人生のようだ。見たいものを見て、知りたいことを知って納得していく。見たくないもの、知りたくないものから意識を逸らそうとする。そして、同じことを繰り返す……。

調べてみると、このモティーフは中国敦煌《とんこう》の莫高窟《ばっこうくつ》にも描かれている。六世紀ごろの天井画のようなものだ。写真で見ただけだが、まさにそっくり。ということは、こちらが先ではないだろうか。自分が感じたやさしさにひとりで納得し、ちょっと鼻も高くした。布に描かれてシルクロードを越えたのだろうか。だれが大聖堂の窓の飾りに使おうと思いついたのだろう。理由づけを重視したのだろうか、それともデザインだろうか。伝来の道を辿ってみたいものだ。しまった、やりたいことが出来てしまった……。

この三六八巻『星間復讐者』には〝謎のヴラト〟、あるいは〝影〟が頻繁に登場する。どこからともなく現れ、窮地に陥った人々を助けてくれる。〝流浪の民〟となった人間がそれを〝神〟とあがめる。為政者はその求心力を利用する。時を経ても変化しないパターンが大宇宙の深淵で繰り広げられるのがおもしろい。どこへ行っても、いつになっても人間は変わらないのだろうか。見たいものを見ようとする。それにしても、ティリメルおばさんのキャラはすてきだ。

ご挨拶にかえて

工藤　稜

はじめまして。今回より本書のカバーイラストを担当する工藤稜《くどうりょう》と申します。

一人前の絵描きになりたいと子供の頃から夢見て、しかし画壇に生きる場を見つけることもできず、フリーのイラストレーターとして身を立てている者です。

おもに松本零士・石ノ森章太郎・みなもと太郎・諸先生たちの生み出すキャラクターをリアルに描いたり、時代物の人物を描くこと等が仕事の中心です。大好きなものを描くことはとても嬉しいのですが、同時に毎回プレッシャーも大きく、七転八倒するほどの苦しさもあります。もちろん乗り越えたときの喜びはひとしおです。

＊

仕事を依頼したいと早川書房のK氏から電話があったのは、昨年夏のことでした。

とうとう来たか！　この連絡だけで天にも昇らんばかりの嬉しさ、そして同時に逃げ出したくなるほどの重圧に襲われます。

なにしろ、ハヤカワ文庫の表紙を描いてこそ一人前の絵描きである、とイラストレーターならば誰もがそう思っているはずなのだから。

同業の友人と神田を歩いているとき、偶然ハヤカワビルの前を通りかかったことがありました。ショーウィンドウの向こうにはその月の新刊が並んでいます。美麗なイラストの数々にしばし目を奪われます。

「おれたちもいつの日か、ここに飾られような！」拳を握りながらそう誓い合ったのは何年前のことだったでしょう。

熱心なSF読者だったわけではないのですが、それでも憧れつづけたのがハヤカワ文庫。そのハヤカワ文庫の仕事を、今、この自分が依頼されているのだ。緊張を隠し、

「いやぁ。ありがとうございます」などと声だけは落ちついたフリをして応対する。

「少しばかり長くおつきあいいただく仕事ですが」K氏が語る。「タイトルは〈宇宙英雄ローダン〉シリーズと申しまして……」

「ペッ、ペリー・ローダン!?」

声が裏返るのが自分でもよくわかった。

そのあとのことはよく憶えていない。この電話はイタズラではないのか、でなければ夢か何かではないのか。そんな間抜けなことを聞いたような気がする。電話を切ったあとに手元のメモを見ると、そこには直接会って打合せをする日時が走り書かれていた。

えらいことになった。人類の責任すべてが自分の肩にのしかかってきたような、そんな重さ。もちろんそれが錯覚なのはよくわかっているのだが、とにかく重かった。身体中が汗で濡れているのは夏の暑さのせいばかりではない。

数日前に弥生美術館で、「昭和少年SF大図鑑展：S20〜40 ぼくたちの未来予想図」を観てきたばかりだった。小松崎茂、高荷義之、梶田達二……その他あこがれつづけた巨匠たちの描く未来、もちろん依光隆先生の描く宇宙もそこにあった。挿画全盛時代の絵描きたちの技は、まさに天才の技、もしくは神々のおこした奇跡のようにも見える。

いつかその仲間入りができたら、いやそこまであつかましいことは言わない。少しでも近づくことができたら、そう願いながらこれまで絵を描きつづけてきた。そして今、「キミもこっち側に来たまえ」とK氏が手を差し伸べてくれたのだ。

昭和なかばごろのイラストには、明らかに未来への希望があった。あの時代にこそ宇宙への夢が、明るい未来が濃密に存在している。ローダン・シリーズで依光先生のイラストをずっとイメージチェンジを図ったりせずに続けてきた早川書房の方針には、敬意すら感じていたというのに。

これまで描かれていた依光先生の数十年にも渡る、美しくかつ重厚なイラストを止めてしまうのか。それを止めるのが自分なのか。古くからのファンはそれを許すのか。許してくれるのか。

これがもし人ごとだったなら、指をくわえて眺めているだけだったらどんなに楽だったろう。「イラストが変わっちゃって最近はつまらないねぇ」とおれはボヤいている立場だったはずではなかったのか!? 逃げ出すならば今だ。逃げちまえ。いや、しかし……

……

子供の頃から夢があった。ここで逃げたら何かを裏切ることになってしまう。ここまで大それたことを考えたことはなかったが、とにかく逃げてはいけないのだ。

そういえば悩むことなど最初から無かったのだった。これは仕事の依頼だ。一人の職業人として、自分の右腕一本で生活している絵描きとして、依頼があれば描く、それだけのことではないか。あの電話の受話器を握った瞬間に契約書は交わされていたのだ。

多少混乱した頭でそう決心した数日後、ハヤカワビル一階の喫茶店クリスティでコーヒーを飲みながら、K氏と今後の打合せをしていた。

裏切ってはいけない。依光先生のこれまでの偉業に対して。K氏の期待に対して。そしてなにより、これまでの読者のみなさまに対して。

「月刊連載を持ったつもりで頑張らせていただきます」と決意表明すると、「来年からは月に二冊刊行です」と聞かされた。あぁ、エライことになった……

ともあれこのような経緯でイラストを描くことになったのです。

これからみなさまと一緒に数千年にも及ぶ、どこまで行くのか予想のつかない未来へ旅立つことになり、こんなに嬉しいことはありません。

よろしくおねがいします。

訳者略歴　国立音楽大学器楽学科卒，ドイツ文学翻訳家　訳書『アルクトゥルス事件』マール，『死者たちの声』（共訳）ヴルチェク＆エーヴェルス（以上早川書房刊）他

HM=Hayakawa Mystery
SF=Science Fiction
JA=Japanese Author
NV=Novel
NF=Nonfiction
FT=Fantasy

宇宙英雄ローダン・シリーズ〈368〉

星間復讐者《せいかんふくしゆうしや》

〈SF1739〉

二〇一〇年一月十日　印刷
二〇一〇年一月十五日　発行

（定価はカバーに表示してあります）

著　者　クルト・マール　クラーク・ダールトン
訳　者　増《ます》田《だ》久《く》美《み》子《こ》
発行者　早川　浩
発行所　株式会社　早川書房

郵便番号　一〇一 - 〇〇四六
東京都千代田区神田多町二ノ二
電話　〇三 - 三二五二 - 三一一一（大代表）
振替　〇〇一六〇 - 三 - 四七七九九
http://www.hayakawa-online.co.jp

印刷・信毎書籍印刷株式会社　製本・株式会社川島製本所
Printed and bound in Japan
ISBN978-4-15-011739-9 C0197